IMPRESSUM

AUTOR:
Berndt Schulz

UMSCHLAGGESTALTUNG:
matrix-buchkonzepte maren orlowski, Hamburg,
unter Verwendung eines Fotos von Adobe Stock,
Uryadnikov Sergey

SATZ:
Karina Lotz

VERLAG:
edition federleicht, Fuldatal
www.edition-federleicht.de

2. Auflage 2023

ISBN 978-3-946112-77-8

Berndt Schulz

DIE RÜCKKEHR DER KRANICHE

Ein Landkrimi aus der Schwalm

edition federleicht

DANKSAGUNG

Die fachliche Plausibilität der landschaftlichen Zusammenhänge verdankt das Thema dem in der Region lebenden Landschaftsplaner *Jörg Haafke*.

Darüber hinaus dankt der Autor für Anregungen und sachliche Hinweise Herrn *Armin Nagengast* in Neukirchen, Herrn *Jürgen Holland-Letz* in Niedergrenzebach sowie *Anja und Günter Nowald* vom NABU-Kranichzentrum Groß Mohrdorf in Mecklenburg-Vorpommern.

I

Davon träumten sie alle: Die Vögel sollten Gewissheit bringen.

So vieles war inzwischen geschehen. Das Land war ausgetrocknet, erloschen. Die Kraniche würden entscheiden, ob es wieder erwachte. Ob die Region einen Neuanfang erlebte. Ob das schöne Land eine Zukunft besaß.

Der Abend zog herauf. Die Sonne näherte sich bereits den Rändern des Schwälmer Beckens und würde bald hinter den Hügeln untergehen. Die letzten, kräftigen Strahlen erhellten die sanften Anhöhen und warfen länger werdende Schatten über die Wiesen, Felder und Wälder. Und dann hörte man sie endlich. Die Vögel riefen schon von Weitem. Sie verkündeten ihre Ankunft. Nicht mehr lange und man würde sie sehen. Man würde ihre Erzählung verstehen.

Und weil so viel davon abhing, waren an diesem Abend mehr Menschen im Freien, als in dieser spröden Region üblich. Einige warteten bereits seit dem Nachmittag auf die Kraniche, die nach ihrer Tagesreise aus dem Norden hier landen sollten. Auch die regionalen Medien hatten es sich nicht nehmen lassen, vollzählig zu erscheinen.

Das Ereignis brachte Bilder aus der Kindheit mit sich. Deshalb war den Landbewohnern, vollgepumpt mit den Pflichten des anstrengenden Alltags, die Vorfreude auf das besondere Erlebnis anzumerken. Es hatte mit Träumen zu tun. Bei einigen Anwesenden hatte es auch mit dem Überlebenskampf zu tun. Denn nun musste sich erweisen, ob die hochfliegenden Pläne der letzten Zeit richtig waren, oder ob die Anstrengungen umsonst gewesen waren. Ob ein Desaster drohte.

Jemand zeigte nach oben und schrie. Da! Die erste Reihe Vögel glitt wie ein Schiffsbug durch das späte Blau des Himmels. Es war wie immer erregend. Kein Beobachter, dessen Augen nicht glänzten, der nicht den Atem angehalten hätte. Dann folgte die nächste Reihe. Dann die dritte. Dahinter lösten sich die Ketten in Nachzügler auf. Die Kraniche kamen näher. Würden sie landen oder weiterfliegen? Senkten sie sich nicht schon, setzten sie nicht schon zur Landung am Rand des spiegelnden, flachen Sees an ... Dann würde alles gut werden ...

Ein solcher Moment der Ungewissheiten ist kaum auszuhalten. Er hinterlässt ja Spuren für lange Zeit. Allen Menschen war klar, dass in diesem Augenblick für die ganze Region Geschichte geschrieben wurde. Etwas wurde jetzt festgeschrieben.

Die Zugvögel schienen in diesem Moment zu zögern. Sie wurden leiser, ihre strenge Formation löste sich für Augenblicke auf, sie begannen, im Kreis zu fliegen, der Sonne im Westen abgewendet, so als mussten sie ihre Instinkte ordnen, als verständigten sie sich darüber.

Dann wurden ihre Rufe wieder lauter. Die Kraniche schienen ihre Erzählung in den Himmel schreiben zu wollen. Was sagten sie den wartenden Menschen?

Wovon erzählten sie? Welche Entscheidung hatten sie getroffen und verkündeten sie jetzt?

Als Johannes Beiner an jenem denkwürdigen Morgen, auf den Tag genau eine Woche zuvor, noch schlaftrunken ins Telefon gelauscht hatte, das mit einem sphärischen Klingelton angeschlagen hatte, der von Hannah stammte, hörte er eine aufdringliche Stimme sagen: „Sie haben ab jetzt eine Woche Zeit. Dann kommen die Vögel. Dann muss es ganz schnell gehen."

„Wer denn?", sagte Beiner.

„Was, wer denn – haben Sie getrunken, Beiner?"

„Wer denn, wo denn, was denn", sagte Beiner. Sein Standardsatz im Widerstand. Die Stimme im Hörer hatte Widerwillen in ihm ausgelöst.

Pause. Dann sagte die Stimme: „Sie können mich ja in einer Stunde zurückrufen, wenn Sie nüchtern sind. Aber vergessen Sie es nicht! Es ist dringend!"

Ich bin nur müde, dachte Beiner, davon habt ihr ewig wachen Pflichtmenschen keine Ahnung, du hast mich gerade in einem sehr schönen Traum geweckt, Freundchen. Ja, es ging um die Ankunft der Zugvögel. Diese Bilder! Er steckte den Hörer zurück auf die Ladestation. Dann tappte er ins Bad. Er betrachtete sich im Spiegel. Naja ...

Eine halbe Stunde später rief er zurück.

„Also", sagte Johannes Beiner. „Was ist mit den Vögeln!"

„Sie landen – oder auch nicht. Jedenfalls kommen

sie in einer Woche – plus, minus. Die Region steht schon Kopf. Sie wissen ja, wie viel davon abhängt."

„Für mich nicht. Mir reichen meine Träume."

„Doch, es geht jeden von uns etwas an. Natürlich vor allem die Menschen in der Schwalm. Eigentlich aber uns alle."

„Sie sprechen von Bioökonomie, oder was?"

„Nachhaltigkeit, mein Lieber ..."

„Ach, das entdecken Sie plötzlich alles aus den hinteren Schubladen der anderen Parteien!"

„... Nachhaltigkeit! Aber davon müssen Sie nichts verstehen. Für Sie geht es um Literatur. Und das ist auch gut. Denn genau dafür brauche ich Sie! Damit machen Sie für unsere Themen vor Ort die nötige Propaganda!"

„An welche Art von Propaganda denken Sie jetzt um Himmels willen!", rief Beiner, halb gähnend.

„Mit Floskeln umgehen können Sie doch wie kein zweiter!"

„Sie meinen vermutlich: mit Sprache umgehen ..."

„Ich meine, den Leuten Dampf machen. Ihnen was einreden, was sie niemals vergessen werden."

Johannes Beiner seufzte. Er musste sich zwingen, geduldig zu bleiben, seine größte Schwäche.

„Also, hören Sie, Meister Asmus! Ich bin Deutschlehrer, das wissen Sie doch! Was könnte ich schon für Propaganda machen. Ich kann nicht mit Vögeln sprechen – kra, kra, kra – und sie zum Landen bewegen. Das ist doch absurd!"

„Nein, das können Sie nicht. Aber weil Sie viel mehr

sind als nur Deutschlehrer, können Sie Folgendes tun. Sie fahren hin, machen den üblichen Workshop mit den üblichen Leuten. Dann nehmen Sie die besten und überzeugendsten Ergebnisse, die Ihnen und Ihren Eleven eingefallen sind. Und damit machen Sie den Landwirten das Landen der Kraniche auf ihren Äckern schmackhaft. Denn das klappt bisher noch nicht so. Zu viel Widerstände, zu viel Einwände!"

„Und die Vögel selbst wissen auch schon von ihrem Glück, in der Schwalm landen zu dürfen?"

„Soweit wir das beeinflussen konnten!"

„Können Sie nicht! Da spielen Faktoren mit, von denen Sie keine Ahnung haben! Und wenn schon, dann muss das langfristig vorbereitet sein! Das geht doch nicht in einer Woche!"

„Nein, das geht nicht so schnell. Deshalb haben wir auch inzwischen, während Sie schliefen, unendlich viel getan. Sie sind nur unser letzter Notnagel, wenn ich das sagen darf. Wir haben ein langes halbes Jahr, während wir alles vorbereiteten, gezögert, Sie einzubinden. Denn Sie sind ja nicht ganz einfach. Aber es geht nicht anders. Sie sind nun mal der Experte für Kraniche und gegen eigensinnige Bauern. Und Sie finden die richtigen Worte. Nur mit Ihnen können wir den Deckel draufmachen."

„Aha!"

„Die Vögel müssen landen, Beiner! Das ist wichtig für die Entwicklung dieser verdammt schönen Region!"

„Das sehen auf dem Land nicht alle so", sagte Beiner.

„Deshalb brauchen wir Sie ja!“

„Ich war oft genug dort. Einige Landwirte, und nicht die bravsten, wollen Biodiversität überhaupt nicht. Kraniche sind ihnen ein Gräuel. Es stört sie bei ihrer Arbeit und bei ihrer Gewinnermittlung. Da werden sie ganz pampig.“

„Weiß ich. Weiß jeder. Aber ohne unsere Pläne mit den Zugvögeln geht da touristisch gesehen alles den Bach runter! Das zündet alles nicht, trotz riesiger Anstrengungen! Deshalb müssen wir Überzeugungsarbeit leisten. Mit Ihnen, Beiner! Sie kämpfen mit Ihren kraftvollen, schönen Worten gegen den Unglauben!“

„Ein echt kühner Plan, würdig großer Erneuerer – aber nicht umsetzbar! Niemals!“

„Nur mit I h n e n, Beiner! Nur mit Ihnen umsetzbar.“

Beiner räusperte sich, durchaus geschmeichelt. „Also, was stellen Sie sich genau vor, das ich tun soll?“

„Sie reden mit den Leuten, tun alles, was nötig ist, was weiß ich denn! Sie schreiben mit ihren hochbegabten Leuten, die ja auf Sie hören, wie ein Verrückter Pro-Kranich-Storys, griffige Slogans und Pamphlete und verbreiten Ihre Ergüsse unters Volk, und zwar Tag und Nacht ...“

„Ein bisschen spät, um Wirkung zu erzielen, mein Lieber!“

„Davon sprachen wir schon. Die Vorbereitungen laufen seit einem halben Jahr und sind beendet, die Entscheidung für die publizistische Kampagne ist eben erst in allerletzter Minute gefallen! Das Ganze musste ja durch das Nadelöhr der Wirtschaftsförderung. Das ist ganz heiß gestrickt! Und nun machen Sie was draus!“

„Meine Schüler und ich, wir sollen also glühende und ergreifende Texte verfassen, um bei wem ein Umdenken zu bewirken? ....“

„Die Bereitschaft bei den Landleuten, Zugvögel auf ihren ertragreichen Äckern zu dulden! Und das sowohl in ökologischer Hinsicht als auch vor allem aus innerster Überzeugung! Weil wir in Allem radikal umdenken müssen! Und weil das dem Image der Region nützt! Kranichland Schwalm, verstehen Sie!“

„Allmählich dämmert mir, welche Herkulesaufgabe Sie mir aufladen! Sie sind – mit Verlaub gesagt – völlig irre, Herr Asmus!“

„Wäre ich das nicht, hätte ich diesen Posten hier nicht.“

„Ich ahnte es ...“

„Wir müssen die Landbesitzer davon abhalten, aufzumarschieren und die Landung der Vögel zu verhindern – und das können die! Wenn uns das mit Ihrer Hilfe gelingt, dann kommen die Vögel. Sie weichen nicht nach Thüringen aus, nicht nach Borken oder an die Amöneburger Seenplatte oder in die Wetterau.“

„Auf die Bauern kann ich einwirken, auch mit Worten. Aber nicht auf die Vögel.“

„Weiß ich doch!“

„Ich war seit einem halben Jahr nicht in der Schwalm.“

„Seitdem ist viel passiert. Man hat alles getan, um den Zugvögeln das Rasten schmackhaft zu machen.

Wahnsinnsvorbereitungen! Das muss man den Leuten vor Ort lassen, die verstehen ihr Handwerk. Wiesen wurden angelegt, der Fluss und die Bäche renaturiert und teilweise umgeleitet, ausgedehnte Sandbänke und kleine Inseln geschaffen und so fort. Und als Höhepunkt werden jetzt einige Wiesen geflutet und zu attraktiven Feuchtgebieten. Und das in einem Gebiet, das der Landwirtschaft seit Jahrhunderten gehört – die es trocken haben will."

„Ja eben, das ist ja das Problem. Es gibt dort Kulturlandschaftsplaner, Naturschützer, Ornithologen und vor allem Bauern, die vom Steigern der Erträge und damit von EU-Subventionen abhängig sind, um ihre Familien zu ernähren! Da passe ich mit den Kranichen nicht dazwischen."

„Nochmal! Sie müssen nur die richtigen Worte finden, um auf die entscheidenden Personen einzuwirken, bevor es zu Handlungen kommt. Die müssen zustimmen und die Füße stillhalten ..."

„Ok, ich suche die Uneinsichtigen nicht auf, aber die stehen eines Nachts vor meiner Tür und bedrohen mich, weil ich ihre Wiesen enteignen will, um Landebahnen von Vögeln daraus zu machen! Und ich verstehe die sogar!"

„Vor Ihrer Tür steht niemand! Denn Sie, Herr Beiner, lassen nur schöne Texte schreiben, um die Landbevölkerung einzubinden. Die Leute müssen begeistert werden, mitgenommen werden, bis sie ihren Widerstand aufgeben. Eine tief schlummernde Liebe zum Kranich ist vorhanden und muss erweckt werden! Erzählen Sie schöne Geschichten – das ist doch Ihr Anliegen! Es muss ein riesiges Umdenken für die Natur stattfinden, das wissen wir doch alle, und das geht nur mit Identifikation, mit regelmäßiger Propaganda, man könnte auch sagen mit Aufklärung. Dann bricht der Widerstand gegen die Vögel von ganz allein in sich zusammen!"

„Wer fragt die Kraniche, ob sie landen und sich das alles antun wollen?"

„Die Vögelchen haben von Feinden nichts zu befürchten und finden reichlich Nahrung. Sie können sich ausruhen, bevor sie den Stress auf sich nehmen und weiterfliegen. Außerdem ist es schön in der Schwalm. Also, warum sollten sie nicht landen?"

„Sie kennen Kraniche nicht, Asmus. Glauben Sie, ein einziger Kranich verspürt Lust, auf dem Paradeplatz von Ziegenhain zu landen? Auf diesem größten Platz der Gegend wurden zwangsrekrutierte Soldaten – wie übrigens auch der Dichter Seume – gedrillt für den Bürgerkrieg in Nordamerika, immer von einer Ecke des Platzes zur anderen mit der *Rifle* über der Schulter. Aber was bedeutet Vögeln das, die an Freiheiten gewöhnt sind, von denen wir alle überhaupt keine Ahnung haben!"

„Jetzt reden Sie doch nicht so, als hätten die Viecher ein historisches Bewusstsein! Das ist doch blanker Unsinn. Ich glaube, ich entziehe Ihnen diesen Auftrag wieder ..."

Hannah verließ in diesem Moment die gemeinsame Wohnung. Sie trug ein luftiges, geblümtes Spätsommerkleid und lief betont kokett. Sie winkte ihrem Mann von der Ausgangstür her zu und warf eine Kusshand.

Beiner küsste zurück und sagte dann in den Hörer: „Sie wissen vermutlich, Herr Asmus, dass die Kraniche im Herbst aus Skandinavien kommen. Dort stehen ihnen riesige, natürliche Flächen zur Verfügung, und etwas Ähnliches brauchen sie auch hier. Der Paradeplatz fällt ja nun mal aus."

„Davon rede ich doch die ganze Zeit! Diese Flächen gibt es inzwischen in den Schwalmniederungen von Schwalmstadt!"

„Hmm", machte Beiner.

„Sie sind doch ein solcher Literatur-Narr! Sie glauben doch, Literatur versetze Berge! Ich biete Ihnen hier die einmalige Chance, das zu beweisen! Ich habe Ihre Worte genau im Ohr!"

„Ach ja?", sagte Beiner ironisch. „Und wie lauten sie?"

„Literatur hat den Auftrag, uns an uns zu erinnern. An uns Individuen und an uns Gesellschaft."

„Bravo", sagte Beiner. „Und was meine ich damit?"

„In schöner Sprache die Wahrheit über unsere Lage sagen."

„Ganz genau! Und das geht nicht nach Feierabend, das muss jederzeit relevant sein, deshalb ist eine Gesellschaft ohne Literatur und Phantasie eine höchst gefährdete und anfällige – zumindest eine unfertige!"

„Na also!", rief Asmus. „Hier und jetzt können Sie mit Ihren Spinnereien einen Anfang machen!"

„Es sind keine Spinnereien“, sagte Beiner ganz ruhig. „Es sind Tatsachen – wie wir Literaten sagen. Denn Literatur macht sichtbar, was bisher unsichtbar war – das ist ihre Wirkungskraft und ihr Sinn.“

„Ja, ja!“, sagte Asmus. „Das müssen Sie mir jetzt alles nicht noch mal predigen! Also ergreifen Sie Ihre Chance! Fahren Sie in die Schwalm und überzeugen Sie die Menschen dort mit Ihrer positiven Energie für unsere gute Sache! Denn es ist ein bisschen unheimlich, wie viele Kranichgegner es seit damals dort noch immer gibt.“

Beiner stellte sich mit dem Smartphone ans Fenster, sah, dass der Himmel blassblau und langweilig war, und erblickte Hannah, die unten ins Auto stieg.

„In gewisser Hinsicht bin ich schon eingestiegen“, sagte Beiner nachdenklich. „Alles rund um den Flug der Kraniche hat ja irgendwie mit Poesie zu tun. Die Vögel bringen Erzählungen in den Alltag. Sie machen plötzlich etwas sichtbar, was bisher unsichtbar war. Geschichten, Asmus! Vor allem auch die alten, mythischen. Insofern ...“

„Jetzt sind Sie auf dem richtigen Weg, Kollege Beiner! Sie machen einen Kurs in Literatur, alle Kreativen sind schon da, sind begeistert und schreiben zündende Texte. Wir vom Verband für nachhaltigen Tourismus und Wirtschaftsförderungen bezahlen Sie fürstlich dafür. Und dann schwärmen alle aus und bringen unsere Wahrheit unters Volk! Was da alles entstehen kann!“

„Ganz einfach ...“, sagte Beiner ironisch.

„Lassen Sie Ihre Schüler richtig kreativ werden. Griffige Parolen, Beiner! So was ähnliches wie *Schwalm statt Safari*! Das ist doch großartig! Das hat reingehauen!“

„Das ist nicht von mir.“

„Nein, von uns, und deshalb großartig, geradezu genial. Die Leute nehmen es an. Die Kinder sind ganz aus dem Häuschen, und alle kommen in die wunderbaren Auen und sehen sich die Tierattrappen aus Aludibond an, nicht nur die exotischen Attraktionen aus aller Welt, sondern alles, was da in ihrer Heimat kreucht und fleucht, und warum sie deshalb gar nicht nach Afrika auf Safari gehen müssen. Und wenn wir jetzt noch diese Wiesen bei Loshausen fluten ...“

„Nach Afrika zieht es in der Schwalm sowieso niemanden“, unterbrach Beiner ihn.

„Jedenfalls brauchen wir so was jetzt mit lebenden Kranichen, die gehören doch zur einheimischen Flora, jedenfalls gehörten sie einstmals dazu. Und alle erinnern sich daran! Das ist phantastisch, glauben Sie mir.“

„Ich stelle es mir bereits vor! Es könnten ja 10.000 Tiere sein – und mehr!“

„Ja eben! Ist das nicht überwältigend!“

„Wie lange soll ich bleiben?“

„Sagen wir – einen Monat. Solange kann man Sie zuhause entbehren. Der Workshop ist auch schon organisiert. Er beginnt morgen früh um Acht.“

„Sind Sie ...“

„Nein, bin ich nicht.“

„Welche Schüler?“

„Die alten. Komplett!“

„Und ich erfahre davon als Allerletzter?“

„So haben Sie keine Zeit für Ausflüchte. Ich kenne Sie doch! Sie stehen sich doch immer selbst im Weg. Und ich weiß, dass Sie im Moment arbeitslos sind, weil Sie diesen Schulstress nicht mehr ausgehalten haben und nicht wissen, wie Sie die Zeit totschlagen sollen. Sie starren gelangweilt zur Decke und hegen weltfremde Gedanken.“

„Wer ist vor Ort informiert?“

„Rosskopf, Wohlfahrt, Schleiter-König. Sie werden schon zusammentrommeln, wen Sie sonst noch brauchen.“

„Ist der wilde Jörg auch mit dabei?“

„Wer? Kenne ich nicht.“

„Ich kann nicht einfach losfahren. Ich habe Frau und Kinder!“

„Nein, haben Sie nicht. Sie sind ganz allein auf der Welt. Und deshalb sind Sie mein perfekter Kandidat. Ich schicke Sie erneut aufs Land – einmal haben Sie ja schon sehr segensreich gewirkt. Ich sage das ausdrücklich! Wir stellen Ihnen den üblichen Vertrag aus und legen noch ein bisschen was drauf. Kost und Logis für einen Monat schöne Schwalm, *all inclusive*. Sie wohnen am alten Ort. Ist das nicht großartig?“

„So mancher würde sich danach die Finger lecken! Und ich mache das auch gern. Es ist tatsächlich schön da. Ein schönes Land. Ich muss nur meine

Frau überzeugen, wissen Sie! Sie heißt Hannah. Ich habe nämlich tatsächlich eine."

„Ich weiß. Sie kann Sie begleiten! Wir stellen den Vertrag auch für zwei aus!"

„So wichtig ist Ihnen die Sache?"

„So wichtig sind Sie mir, Beiner! Wenn ich könnte, würde ich Ihnen jetzt die Hand geben!"

„Ich frage Hannah heute Mittag, dann kommt sie zurück. Sie hätte einen Landurlaub bitter nötig nach dieser Scheiß-Coronazeit. Wann soll ich fahren, sagten Sie?"

„Heute, mit dem Abendzug. Wir haben alles vorbereitet – Sie werden unsere schönen Pläne ja wohl nicht durchkreuzen wollen, das kostet mich eine Stange Geld ..."

„Moment mal! Und wenn die Sache schiefgeht, ich meine, die Kraniche kommen, fliegen vorüber – und Tschüss! Was dann?"

„Dann verklagen wir Sie auf Schadensersatz! Und da Sie ein armer Schlucker sind, können Sie das nicht zahlen und landen im Knast! Und wenn Sie das nicht wollen, kaufen wir Sie heraus und dann sind Sie uns für alle Zeiten verpflichtet und wir können Sie rumschubsen, wie wir wollen, hahaha!"

„Dass Sie so sind wie Sie sind, macht mich sprachlos!"

„Dann können wir ja das Gespräch beenden. Ihr Zug geht ab Hauptbahnhof um 20.31 Uhr. Ich werde am Bahnsteig 2 auf Sie warten und Sie den Vertrag unterschreiben lassen! – Und nehmen Sie warme Sachen mit, in der Schwalm kann es zu dieser Jahreszeit schon frisch werden!“

Asmus hatte aufgelegt. Und auch Johannes Beiner legte auf. Ein Terrorist wie er im Buche steht, dachte er. Aber ohne Terroristen mit dieser kreativen Energie, funktioniert dieser ganze Verband nicht. Und vermutlich auch nicht die Welt.

Und irgendwie befiel Johannes Beiner plötzlich ein Gefühl von Anerkennung. Die bringen was auf den Weg, dachte er. Und war er klammheimlich nicht schon mittendrin in seinem brandneuen Auftrag – auch wenn dieser völlig aussichtslos schien!

Als Veganerin ekelte es Hannah, wenn sie mitansehen musste, wie Johannes den fleischlichen Genüssen zusprach. Mein Schätzchen, sprach sie zur Mittagszeit, dir wird noch ein Rüssel wachsen.

Beiner hingegen hatte am Vortag Schweinekopfabfälle gekauft. Man konnte die Masse auch Sülzwurst nennen. Und er rechtfertigte diese Tat mit dem Umstand, dass in der Sülze Reste von Karotten, von Sellerie, von Fenchel und Kümmel waren. Reine vegane Urmasse!

Und gekauft hatte er diese in seiner Lieblingsmetzgerei. Er hielt sie für die beste im ganzen Hessenland. Sie befand sich in dem kleinen Ort Thann im Nordosten der Rhön. Man kam in den Laden, musste den Kopf einziehen. Über einem hingen Rinderkeulen, auch mal ein Schweinekopf. Im Hintergrund des kleinen, nach Geräuchertem duftenden, schummrigen Ladens war die geräumige Wurstküche mit gewichtigen Aufbauten zu erkennen. Die Verkäuferin befand sich in den Niederungen der Ladentheke, sie ordnete bei Beiners Eintreten das Tagesangebot, diesmal war es gerollte Schweinelende mit gut gewürzter Hackfüllung für den Grill. Dort also, das ließ er sich nicht nehmen, hatte Beiner vor zwei Tagen seine Sülzwurst erstanden, die er jetzt als Mittagsmahlzeit verzehrte. Vegane Sülzfüllung, eingenäht in eine Fleischhülle.

Die Abschiedsmahlzeit vor der Trennung schmeckte beiden, Hannah pickte sich heraus, was sie verantworten konnte.

„Du kommst dann nach, nicht wahr?"

„Mal sehen", sagte Hannah, „ich kann dich gut leiden."

„Ein paar Tage *Wolfland*-Schwalm, besser geht's nicht", sagte Beiner.

„Warum redest du immer von *Wolfland*-Schwalm!"

„Ein Tick von mir. Achte nicht drauf. Ich mache mich damit ein bisschen lustig über deren Selbstdarstellung als *Rotkäppchenland.*"

„Ist ja nun nicht so lustig, oder?"

„Nein."

„Aber mal im Ernst, Johannes", sagte Hannah. „Dieser Auftrag, den Asmus dir da gibt, der ist doch überhaupt nicht zu erfüllen!"

„Asmus ist offensichtlich ziemlich panisch!", sagte Beiner. „Es steht viel auf dem Spiel und er hat plötzlich Angst, dass nicht genug getan worden ist. Jetzt mobilisiert er die Reserven. Bei diesen Leuten muss einfach alles zwei- oder dreifach abgesichert sein. Ich bin dabei nur die Notlösung und auch das Alibi. Entscheidend sind ganz andere Leute.“

„Er hat dich also nur mit Vorschusslorbeeren überschüttet, um dich zu ködern – weil er weiß, dass du lieber zuhause bei mir bleiben würdest.“

„Na klar! – Er hat jedenfalls eine komische Vorstellung von meiner Rolle – und vielleicht auch von meinen Fähigkeiten. Er versteht Literatur als eine Art Betriebsanleitung für Fahrstühle. Man drückt auf einen Knopf und schon setzt sich was in Bewegung.“

„So ist es doch auch.“

„Soweit ich mich erinnere, bist du doch auch Lehrerin, Hannah. Es ist eben nicht ganz so. Man braucht viel Vermittlungsarbeit und Phantasie.“

Hannah lachte. „Wenn es nicht klappt mit deinem Auftrag in der Schwalm, kannst du ja alles auf deine Schüler des Workshops schieben. – Lausige Texte, nichts Überzeugendes.“

„Asmus hofft einfach, dass ich sieben Tage und Nächte lang so viel Wirbel mache, dass die Kraniche schon aus Mitleid mit mir tatsächlich landen. Und dass ich die Landleute davon abhalte, Rabatz gegen die Vögel zu machen. Und dass sein Verein für Wirtschafts- und Tourismusförderung dann vom Aufschwung der Region profitiert. Und das kann durchaus durch die Decke gehen, das sage ich dir! Kranichland Schwalm! Die Region wird zur führenden Region, was Kulturlandschaftsplanung betrifft! Alle werden dann sagen, es seien wegweisende Maßnahmen getroffen worden – und sein Verband hat die Voraussetzungen geschaffen!“

„Wir sehen uns wochenlang nicht – und vielleicht sehe ich dich überhaupt nicht lebend wieder“, sagte Hannah.

„Gut möglich, ich fahre ja nach *Wolfland*-Schwalm! Dort kann man gefressen werden!“

Sie legte ihre Hände auf die Wangen ihres Mannes und küsste ihn auf den Mund. Ihre dunklen Augen leuchteten.

„Lass uns noch mal zusammen sein“, sagte sie zärtlich.

„Ist gut“, sagte Beiner.

Noch sieben Tage ...

Als Johannes Beiner am nächsten Morgen, nach all den Strapazen der überstürzten Anreise, die Unterrichtsräume auf dem Land betrat, blickten ihm neugierige, junge Augenpaare aus frischen, klaren Gesichtern entgegen. So viel vorbehaltlose Zuneigung gab es nur im Schuldienst.

Er hatte bei seinem letzten Gastspiel vor einem halben Jahr wohl keinen schlechten Eindruck hinterlassen.

Beiner hatte es, wie von Asmus angedeutet, mit denselben Schülerinnen und Schülern zu tun wie im letzten Jahr. Nur Bernhard fehlte. Beiner hatte sich seine Geschichte erzählen lassen. Sie war nicht heiter. Aber er schob die unguten Erinnerungen zur Seite und blickte seine Schüler erfreut der Reihe nach an.

„Sätze, die Sie schreiben“, sagte er dann unvermittelt, „müssen sich schämen, in einem Schulbuch zu erscheinen.“

Sein erster Beitrag in einem neuen Spiel.

Da war Tanja, die Kluge mit dem interessanten Vogelgesicht. Helga, deren rundes Gesicht oft so rot wurde wie ihre Haare schon waren. Die engagierte und lernbegeisterte Traudi. Da war Klaus-Jürgen, der Struwwelpeter aus dem tiefsten hessischen Ried. Und Joachim, durchgehend sympathisch und unstillbar neugierig.

Sie alle studierten in Marburg oder Gießen und hatten sämtlich fiktive Porträts der unglücklichen Dichterin Rebekka Gawein entworfen, die eines Tages auf Nimmerwiedersehen verschwunden war. Und sie erwarteten, diese nun vortragen zu dürfen. Aber da ihre Texte ohnehin schon in der Literatenkolonie auslagen oder sogar gerahmt an den Wänden hingen, vertröstete sie Beiner. Jetzt ging es um etwas anderes, und die Zeit drängte. Er machte ihnen klar, was er von ihnen erwartete, und er sah, dass er sie erreichte.

„Helfen Sie mir“, schloss er, „ich soll 10.000 Kraniche dazu bringen, in den Schwalmauen zu landen! *Help*!“

„Spielen Sie Nils Holgersson“, schlug Klaus-Jürgen vor, „krallen Sie sich an einen Vogel fest, lassen Sie nicht eher los, bis alle Vögel gelandet sind.“

„Schreiben Sie das auf!“, sagte Beiner. „Das wird eine

von fünf unwiderstehlichen Storys! Damit gehen wir zu den Landbewohnern in die Häuser."

Helga sagte: „Eher gehen 10.000 Kraniche durch ein Nadelöhr, bis ein Schwälmer Landwirt das zulässt, dass sie nämlich hier auf seinen Wiesen landen."

„Da könnten Sie leider recht haben, Helga. Aber wir sind hier, um das zu ändern. Wollen wir zusammen versuchen, uns dieses einmalige Spektakel zu gönnen?"

„Können wir schon machen", sagte Klaus-Jürgen munter. „Aber was schreiben wir? Welches Genre?"

„Einzeiler!"

„Novellen!"

„Haikus!"

„Eher Gedichte!"

„Wie heißt dieser russische Roman noch gleich, mit den Kranichen im Titel ...?", fragte Joachim.

„*Wenn die Kraniche ziehen*!", wusste Tanja, „Sehnsuchtsepos aus dem Krieg. – *Sehnsucht* ist eins unserer wichtigsten Stichworte."

„Jedenfalls", sagte Traudi, „Ihr erster Satz vorhin, beim Eintreten – geben Sie ein Beispiel, Herr Lehrer!"

Beiner überlegte kurz und sagte dann: „Es sollten ja eigentlich Ihre Sätze sein. Aber wie wäre es mit: *Es sollte lebendig aussehen*. Das ist der erste Satz in einem Kriminalroman, den ich einmal gelesen habe. Ich erinnere mich allerdings nicht an den Namen des Autors. Es ging aber um Kraniche im November!"

„*Es sollte lebendig aussehen*", wiederholte Helga nachdenklich. „Eigentlich ein simpler Satz. Aber am

Anfang einer Mordgeschichte bekommt ein solcher einfacher Satz natürlich – Aura."

„Wir haben", sagte Beiner, „immer die Möglichkeit, und sollten sie auch ergreifen, einfach zu sein. Einfach – bis wir den Untergrund einer Erzählung kennenlernen. Davon will ich mehr."

„Also, ich denke wir machen mit, oder?" Tanja drehte sich zu den anderen um. „Das ist alles aufregend."

„Da ist jede Menge Poesie drin", ergänzte Klaus-Jürgen.

„Den Bauern, die ihre Wiesen für die Kraniche hergeben sollen, mit Poesie zu kommen, das ist schon – sportlich", meinte Helga. „Die müssen an ihren wirtschaftlichen Nutzen denken. Aber es könnte Spaß machen. Größtmögliche Fallhöhe, sozusagen. Auf jeden Fall ist es eine Herausforderung."

„Es sind viele Meter zwischen den Landleuten auf dem Acker – und den Sehnsuchtsvögeln am Himmel", sagte Tanja weise. „Das macht es spannend."

Läuft!, dachte Beiner. Kluge Klasse!

Er schaute durch die großen Fenster auf die Dorfstraße. Draußen war niemand zu sehen, außer einem Hund, der sich an den Fassaden der Fachwerkhäuser entlangdrückte. Die Literatenkolonie hatte neue Räume angemietet. Eine Kulturinitiative renovierte eine ehemalige Bäckerei an der Hauptstraße und richtete sie für Veranstaltungen her. Die resolute ehemalige Bäckerin war noch immer für Kaffee und Kuchen zuständig. Die Leiterin der neuen Kulturiniative, eine schlanke, hochgewachsene Frau, die oft ihren Kopf mit den Locken schüttelte, eine liebenswerte verneinende Gebärde ohne besondere Absichten, hatte ihnen am frühen Morgen die Türen aufgeschlossen. Es duftete nach frischen Brötchen.

Mein Gott, dachte Beiner, was sind die Leute in diesem Willingshausen kreativ! Sie halten sich an meine Direktiven – Kultur gibt es nicht nur nach Feierabend, sie muss ständig eine Rolle spielen. Aber hin und wieder ist es auch gut, einfach Brötchen zu backen ...

Beiner wusste, er hatte zu wenig Zeit. Die Texte mussten geschrieben werden, mit denen der letzte Widerstand skeptischer Bewohner gebrochen werden konnte! Anstatt aber einen weiteren Schreibunterricht am Nachmittag anzuberaumen, verabredete er sich mit Rosskopf. Er wollte mit ihm spazieren gehen. So viel Zeit musste sein.

Sie trafen sich in Schwalmstadt, am Stauwehr zwischen Treysa und Ziegenhain. Dort wurde auf großen Tafeln die einheimische Safari-Tour erläutert. Beiner hatte sich ein Fahrrad ausgeliehen, Rosskopf parkte seinen knallroten Pick-up, auf dessen Ladefläche mehrere Geschirre aus Holz und Eisen lagen, am Anfang der Eindeichung. Der Fluss mäanderte. Sie blickten über die endlos scheinenden Flussauen.

„Mein Gott! Was habt ihr im letzten halben Jahr nicht alles umgebaut!“, entfuhr es Beiner.

„Einige Kilometer neue Flusslandschaft, mit den entsprechenden Wiesen und Kleingewässern – das ist schon was", bestätigte Rosskopf.

Sie verließen den Deich und gingen hinunter in die Auen. Die kaum gefassten Sandwege führten den Fluss entlang, waren dann wieder so angelegt, dass die Sicht nicht versperrt wurde auf das ganze Auental, bis hin zu den angrenzenden Hügeln des gesamten Beckens. Hundertjährige Pappeln rahmten die Wege und flirrten mit wichtigtuerischen Kronen in der leichten Brise.

„Die sollen weg", sagte Rosskopf.

„Diese schönen, alten Bäume?"

„Sie sind hier nicht heimisch – sagen einige Verantwortliche."

„Und das soll ein ausschlaggebendes Argument sein?"

„Ich hoffe nicht – aber im Moment wird so gedacht. Wobei man zugeben muss, dass jeder Baum für den Kranichflug ein Hindernis ist."

„Dann könnten die Vögel ja tatsächlich auf dem Paradeplatz von Ziegenhain landen!"

„Wie bitte?"

„Ach nichts! – Gehen wir weiter?"

Sie erreichten die ersten Halbinseln und Sandbänke. Dort saßen keine Vögel, sondern junge Menschen beim Picknick. Die Jugendlichen blickten ihnen misstrauisch entgegen – war da Kontrolle im Anmarsch?

Beiner winkte ihnen freundlich zu und sie entspannten sich.

„Wird angenommen, wie man sieht", sagte Rosskopf. „Wenn auch nicht immer im Sinne der Müllabfuhr."

„In ihren Blicken lag die Angst, wir könnten ihnen ihre Rückzugsorte wegnehmen“, lachte Beiner.

„Es sind echte Rückzugsorte“, sagte Rosskopf. „Für Vögel und Wassertiere – warum nicht für Jugendliche, die unter sich bleiben wollen.“

„So wie Kraniche“, sagte Beiner. „Wenn man ihnen zu nahe kommt, dann sind sie weg. Meistens für immer.“

„Die Jungen denken aber, alles hier sei natürlich“, sagte Rosskopf. „Und deshalb glauben sie, es sei eigentlich ihr Platz. Sie wissen nicht, dass er durch aufwändige Arbeit angelegt worden ist. Der Pflegeaufwand ist riesig. Allein damit der Flussregenpfeifer hierbleibt, muss immer wieder für frische, angerissene Oberflächen an den Ufern gesorgt werden. Und das geht wirksam nur mit regelmäßigem Maschineneinsatz.“

„Lassen wir sie“, sagte Beiner und fühlte sich ganz als Pädagoge. „Wenn sie es doch offenbar genießen können.“

„Geht klar, Herr Lehrer“, sagte Rosskopf. „Schauen Sie mal da rüber!“

Er deutete auf eine Steilküste am jenseitigen Ufer.

„Ah“, entfuhr es Beiner. „Wer das vor der Haustür hat, will nicht mehr zu den *White Cliffs of Dover*!“

„Das ist die Absicht“, sagte Rosskopf. *„Schwalm statt Safari* eben.“

„Aber ist eine solche Steilküste nicht gefährlich? Denken Sie an die Starkregen.“

„Nein, das ist die natürliche Gewässerdynamik und

das Grün holt den Uferabbruch bald wieder ein, es wird neues Gehölz wachsen", sagte Rosskopf. „Das ist gewollt und liegt im Plan."

Sie spazierten am Flussufer entlang, man konnte beinahe vergessen, wo man war. Ein italienisches Gefühl stellte sich schnell ein, was auch an der warmen Abendsonne lag.

„Hier braucht es noch Gartenwirtschaften", sagte Beiner nicht ganz ernst. „Das fehlt übrigens überall in Nordhessen – anständige Biergärten. Man baut lange Radwege auf ehemaligen Bahntrassen, bietet aber keine Haltestellen an. Nicht mal da, wo sie schon vorhanden sind, nämlich an den alten Bahnhöfen."

„Es geht eben letztlich in dieser begrenzten Region immer um hart erkämpften Naturschutz – und da haben Biergärten keinen Platz."

„Aber es muss ja nicht immer gleich ein Ballermann sein. Ein Platz zum Ausruhen in schöner Umgebung mit einer unkomplizierten Brotzeit tut es schon. Ohne Gastronomie funktioniert es jedenfalls nicht. Das können wir von den Bayern lernen. Der Mensch muss mit seinen Bedürfnissen in den Umweltschutz eingeplant werden – und seien sie auch noch so gewöhnlich."

„Geht klar", sagte Rosskopf und blieb stehen. „Ich bin Kulturlandschaftsplaner genug, um das zu sehen. Ohne die Menschen funktioniert Naturschutz in der Kulturlandschaft nicht. Und da muss auch mal der Biber einen Schritt zurücktreten."

„Der Biber?"

„Ist nur ein stellvertretendes Beispiel. Aber bleiben

wir ruhig beim Biber. Das Tier weiß genau, wo es baut und lebt. Das kann mitunter fraglos zum Schaden für manche Landnutzung sein."

„Was wollen Sie mir damit sagen, lieber Rosskopf?"

„Wir können nicht die Natur zum Selbstzweck erheben, sondern müssen auch die positiven Effekte würdigen, die durch eine verträgliche Bewirtschaftung erreicht werden. Vor allem auch durch eine pflegliche Landwirtschaft."

„Was heißt das für unser Thema?"

„Gehen wir mal rüber zum Stellplatz der Kranichfiguren."

Was Rosskopf damit meinte, sah Beiner nach einhundert Metern. An einer Biegung des Flusses standen zwei der Riesenvögel aus Aludibond. Die beiden Vögel blickten nach Norden, woher ihre Artgenossen in ein paar Tagen kommen sollten.

„Gäbe es einen schöneren Landeplatz?", fragte Rosskopf nicht ohne leisen Stolz. „Die weiten Grünland-auen bieten perfekte Rastmöglichkeiten. Das ist in unseren waldreichen Gebieten sehr selten."

Beiner blickte den Flusslauf hinunter. Er stellte sich die landenden Vögel vor. Sie warfen schon ihre Schatten in der Abendsonne.

„Unvorstellbar! Utopisch! Das schaffen wir nicht!"

Rosskopf sah ihn überrascht an.

„Und warum nicht?"

„Sie wissen das besser als ich. Die Zugvögel folgen immer ihrem ganz eigenen Plan. Da spielen so viele Dinge eine Rolle. Ob wir sie darin beeinflussen können, wissen wir nicht. Wir wissen ohnehin viel zu wenig. Ich schon gar nicht."

„Wir wissen nicht, was im Erfahrungsmodus der Zugvögel eine Rolle spielt, das stimmt. Aber wir können ihnen ein kleines Stück entgegenkommen ..."

„Indem man beispielsweise Wiesen flutet und einen flachen See anlegt, in dem sie nachts in Sicherheit sind, stehen, ausruhen und schlafen können ..."

„Ja. Das genau wird auch passieren. Allerdings nicht hier, wo wir es ursprünglich stattfinden lassen wollten. Hier wäre es schön und ideal, aber es gibt zu viel Widerstand, vor allem auch wegen des Hochwasserschutzes, der auf jeden Fall Vorrang hat. Immerhin haben wir ja dafür dieses schöne Areal für Spaziergänger, die ihre Heimat genießen können. Aber wir haben einen anderen Rastplatz ausgespäht, dort haben wir auch perfekte Bedingungen für die Wässerung der Wiesen. Und Sie können sogar mit dabei sein!"

„Jetzt?"

„Übermorgen ist der große Moment."

„Aber nicht hier an diesem Ort?"

„Nein. Eine gezielte Flutung vor dem Stauwehr wäre zwar technisch möglich, steht aber natürlich dem Konzept des Hochwasserschutzes entgegen. Außerdem haben wir ja inzwischen mit der Renaturierung des Geländes eine andere Richtung eingeschlagen. Damit reagieren wir auf unlösbare rechtliche Probleme, weil einige Wiesen hier privaten Eigentümern gehören, die sie unbedingt landwirtschaftlich weiter nutzen wollen. Es hat sich gezeigt, dass einige partout nicht verkaufen wollen."

„Das wissen Sie aber bestimmt nicht erst seit gestern."

„Nein. Daher haben wir uns ja jetzt auf ein anderes Gebiet geeinigt. Doch tatsächlich hat hier erst gestern der letzte Landwirt abgesagt. Der Wasserverband Schwalm hat zwar in den letzten Monaten für die Renaturierung Wiesen aufgekauft, was schwer genug war, denn kein Landwirt trennt sich gern von seinem Grund und Boden, aber es fehlten eben noch Zwischenstücke. Tja, das ist jetzt gescheitert."

„Ja, und wo sollen die Kraniche nun landen?"

„Bei Loshausen. Dort werden wir es versuchen. Die Feuchtwiesen dort sind ideal, früher rasteten dort schon Kraniche, bevor die Region austrocknete. Wir fluten eine große Senke, ein flacher See mit ausreichend Uferlänge wird entstehen, dort können die Kraniche sicher übernachten. Wir können uns das Gebiet zusammen anschauen."

„Ich bin jetzt schon gespannt!"

„Ein paar andere Dinge haben wir auch schon vorbereitet. Dann sind die Vögel dran."

„Und ich komme ins Spiel – mit meinem Auftrag. Ich muss die Landleute davon überzeugen, dass sie am Rand ihrer eigenen Wiesen Spalier stehen sollen, wenn die Vögel kommen."

„Das ist Ihre Aufgabe. Und Sie zweifeln, dass Ihnen das gelingen könnte?"

„Im Moment zweifle ich überhaupt daran, ob diese Idee sinnvoll ist."

„Na, hören Sie! Warum sind Sie dann hier!"
„Verstehen Sie mich richtig! Im Prinzip brenne ich für die Idee, diese wunderbare Landschaft zu einer Kranich-Region zu machen! Ich liebe diese Vögel einfach!"
„Aber?"
„Ihre kleine Anmerkung vorhin hat mich stutzig gemacht."
„Mit dem Biber?"
„Mit den Pappeln. – Eine ganze Allee mit hundertjährigen Pappeln zu beseitigen! Und das nur, weil diese Bäume den landenden Vögeln im Weg stehen könnten – oder weil sie überhaupt die Vögel davon abhalten, eine Landung in Erwägung zu ziehen!"
„In erster Linie sagen diese Leute, die Pappeln haben Migrationshintergrund, sie gehören nicht hierhin."
„Bleiben wir beim ersten Einwand. Wie soll ich Landleuten erklären, dass solche Eingriffe notwendig werden, wenn die Vögel kommen! Da können wir Storys schreiben wie wir wollen, das will doch keiner hören!"
„Eine Sache der Abwägung in jedem Fall. Was wird für wichtiger gehalten?"
„Beides ist ja wichtig. Da geht es ja nicht nur um Ästhetik oder Landschaftsästhetik. Jeder Baum, der heutzutage gefällt wird, macht ein Stück Nachhaltigkeit kaputt."
„Olala! Der Literat als Bio-Ökonom!"
„Ich muss doch reinen Herzens darüber schreiben! Es darf nichts schöngeredet werden. Ideologie ist mir in jeder Form verhasst!"

Rosskopf lachte. „Sie müssen als Autor zwischen den Stühlen sitzen und immer die Wahrheit sagen – ich weiß!“

„Das ist gar nicht lustig! Das ist die Voraussetzung für gute Literatur, die irgendjemanden erreicht!“

„Sie müssen in Ihren Texten eben abwägen! Sagten Sie nicht selbst, Literatur mache sichtbar, was bis dahin zwar vorhanden, aber unsichtbar geblieben ist? Zerren Sie alle dunklen Tatbestände ans Licht!“

„Das wäre meine Aufgabe, ja. Ich statte die unterschiedlichsten Figuren mit den gegensätzlichsten Standpunkten und Haltungen aus. Und die Leser entscheiden dann für sich, wem sie folgen.“

„Das ist doch klasse! Tun Sie das! Am besten in einer Kurzgeschichte auf einer Seite, in der alle Meinungen und Konflikte übersichtlich enthalten sind.“

„Dazu braucht man keine Literatur. Das erledigen die Zeitungen in Kommentaren und Statistiken.“

„Ja, aber das liest niemand gern. Viel zu trocken. Literarisch verpackt hingegen, sympathisiert der Leser nur mit der Figur, freut sich an ihrer Haltung oder ärgert sich über sie – und hat den Sachverhalt schon geschluckt.“

Beiner war in seinem Element. „Vor allem muss erzählt werden. Erzählung steckt in allem. Auch in allen Fakten steckt bis obenhin Erzähltes. Man merkt das nicht immer, aber ohne Erzählung ist doch alles langweilig. Auch Jesus ist eine Erzählung.“

„Richtig, mein Lieber. Man muss die Leute nur neugierig darauf machen. Anstatt dass sie sagen: lasst uns doch mit eurer Lyrik in Ruhe, ich muss mich an die Tatsachen halten."

„Wer das sagt, merkt nicht, dass er gerade einer Ezählung lauscht", lachte Beiner.

„Und dass er überhaupt nur deshalb zuhört, weil ihn diese Erzählung interessiert!"

„Warum sind Sie nicht der Deutschlehrer!"

„Weil man im normalen Deutschunterricht so was nicht vermitteln kann. Dazu braucht man andere Kaliber – wie Johannes Beiner!"

„Oh, danke! Aber Sie sehen ja, ich zweifle."

„Lasse ich nicht gelten!"

„Nicht?"

„Nein!"

„Ok, das ist überzeugend! Dann versuche ich es."

Abends las Beiner in dem Krimi, von dem er der Klasse erzählt hatte. *Novembermord* packte ihn noch einmal. Aber er schlief dennoch darüber ein.

In seinen Träumen erschien ihm die Hauptfigur, ein Grundschullehrer, der am Rande eines einsamen Sees lebte. Eines Tages war dessen Sohn nach einem falschen Wetterbericht aus der benachbarten Wetterstation bei einem dramatischen Temperatursturz in eiskaltem Wintersturm erfroren. Der eigentlich friedfertige Lehrer beginnt einen Rachefeldzug gegen die in seinen Augen verantwortlichen Meteorologen. Sein Sohn ist unwiderruflich tot. Nicht mehr in die menschliche Wärme zurückzuholen. Der Lehrer beginnt damit, auf bizarre Art und Weise zu töten. *Es sollte lebendig aussehen*, wird fortan sein Leitsatz.

Welche Verwirrung! Was für unversöhnliche menschliche Gegensätze, die in allem steckten.

Er erwachte. Schlief wieder ein. Besetzte sofort wieder seine Traumposition.

Es lag wohl daran, dass in diesem Roman Kraniche als Unglücksboten geschildert wurden. In den Augen der Hauptfigur wurden Kraniche in Literatur und Wirklichkeit zu positiv dargestellt. Waren sie nicht Unheilbringer, die vor Anbruch des Winters mit dem letzten Sonnenlicht und der rettenden Wärme nach Süden flüchteten und die Menschen in Kälte und Dunkelheit mit ihren Alpträumen allein zurückließen ...

Beiner erwachte.

Von diesen Alpträumen, dachte er, hatten möglicherweise auch einige Kranichfeinde in der Schwalm etwas gespürt.

Wichtiger als die Vögel sind die Menschen, dachte er.

Noch sechs Tage ...

Johannes Beiner versuchte, sich jenseits seiner städtischen Heimat auf dem Land einzurichten.

Er fragte sich, ob er die alten Kontakte aus dem Frühjahr wieder aufnehmen sollte. Von Sumaya hörte er, sie sei glücklich mit Ali verheiratet. Er wollte sie nicht stören. Frau Schleiter-König versuchte noch immer, ihre Selbstzweifel zu bekämpfen. Für die rätselhafte Poetin Rebekka von dem Gawein hatte man inzwischen eine kleine Gedenktafel an einem Brunnen in der neu gestalteten Ortsmitte von Willingshausen angebracht. Es gab inzwischen sogar einen Literaturpreis, der ihren Namen trug und jährlich verliehen werden sollte. Die Stipendiaten der Literaturkolonie sollten im blumengeschmückten Gästehaus des Museums wohnen. Und die neue Kulturinitiative erinnerte mit einer Fotoausstellung an den Künstler Joseph Beuys. Das Literatendorf hatte jetzt also auch die Bildende Kunst entdeckt.

Nein, Beiner wollte nicht zurück ins vergangene Frühjahr. Von dort her wehten zu viele ungute Stimmungen herauf. Die Region *Wolfland*-Schwalm, wie er sie immer noch nannte, musste nach vorne schauen.

Es ging schneller als erwartet.

Am Morgen standen fünf Männer vor der Tür von Beiners Unterkunft. Sie wollten den „Literaturkönig" sprechen.

Johannes Beiner ging, noch kauend, hinunter und wartete ab, was die Männer ihm zu sagen hatten.

Ihr Sprecher war ein gewichtiger Mann mit vorgewölbtem Bauch, über dem das ausgewaschene rote T-Shirt so überstand, dass Beiner fürchtete, aus der Öffnung darunter müsste der aufgepumpte Fußball in jedem Moment herausfallen.

„Nichts für ungut", erklärte der Mann und verzog

sein von Wind und Wetter gegerbtes Gesicht zu einer Art Lächeln, „aber wir hören, dass Sie hier irgendwas Schlechtes über uns schreiben wollen. Das wollen wir nicht."

Perplex sagte Beiner: „An dem Satz stimmt ja nun mal gar nichts."

„Was denn?"

„Gar nichts", sagte Beiner. „Alles falsch."

„Ja, Moment mal", erklärte ein anderer mit einem wohl absichtlich zerrupften Bart, „davon spricht doch im Ort jeder! Die lügen doch nicht!"

„Nicht hier bei uns!", sagte ein anderer mit einer lila Kappe, die er jetzt mit einem Finger zurückschob.

„Ich bin hier, um eine Klasse anzuleiten, die über Zugvögel schreiben will", sagte Beiner. „Da sind Sie leider völlig falsch informiert und grundlos aufgebracht. Und das auch noch so früh am Morgen!"

„Wir sind nicht aufgebracht", meldete sich der Vierte zu Wort. Er war blass und schmal. „Aber wenn ich höre, dass jemand aus der Stadt anmarschiert und fängt an, herumzuspinnen, dann werd ich brummig."

„Schickt Sie wer?", wollte Beiner wissen.

„Wieso! Wer denn!"

„Sie kennen mich nicht und haben gleich eine Meinung über mich?"

„Ich kenn Sie!", sagte der Letzte der Runde. „Sie sind ein Fremder!"

„Herrschaften!", sagte Beiner. „Vermiest mir nicht

meinen Tag. Es ist noch früh am Morgen. Kommt meinetwegen am Nachmittag noch mal vorbei. Sagen wir gegen Vier. Dann habe ich Kaffee getrunken und bin offen für Gespräche aller Art. Alles klar?"

Der Zweite trat auf ihn zu. Er war bis zum Kinn tätowiert als trüge er ein Stützkorsett, seine Frisur war penibel ausrasiert, der Scheitel saß. Er piekste ihm den ausgestreckten Zeigefinger, über den eintätowierte Spinnen krabbelten, in die Brust.

„Du machst dich hier ganz schmal, verstanden! Ein falsches Wort – und dein Kinn brennt!"

Beiner drückte ganz langsam den Arm zur Seite.

„War das eine Drohung? Hab ich da etwa eine Drohung herausgehört?"

„Komm!", sagte der Vierte. „Der weiß schon, worum es uns geht."

„Also, bis dann!", sagte der Tätowierte.

„Immer gern!", sagte Beiner.

Als die Männer schon mit schweren Schritten hinter der Häuserecke verschwunden waren, fragte sich Johannes Beiner immer noch, was das soeben gewesen war! Eine Art *Fata Morgana* an der Dorfstraße. Er blickte um sich. An der gegenüberliegenden Straßenseite stand ein älteres Paar und zuckte wie entschuldigend mit den Schultern. Die Pflegerin eines ambulanten sozialen Dienstes ging an ihm vorbei zu ihrem kleinen, weißen Dienstwagen. Sie hatte die

Szene offenbar beobachtet und sagte zu Beiner: „Das Dorf ist ein lebendiger Organismus, wissen Sie? Und es wehrt sich, wenn ein fremder Virus eindringen will. Das eigene Immunsystem wird dann aktiviert."

Beiner rieb sich die Stelle, an der der Zeigefinger des tätowierten Zeitgenossen in ihn hineingestochen hatte. War das der zuständige Krawalltrupp für alle Problemlagen des Ortes – oder hatten sich hier ein paar Gleichgesinnte zufällig zusammengefunden? Oder – gab es jemanden, der gezielt Stimmung gegen ihn und seinen Auftrag machte?

Es schwante ihm, wie schwer es werden würde, auf die Landbewohner mit Worten einzuwirken, um sie für seine Themen einzunehmen. Er konnte nur hoffen, dass ein solches Misstrauen nicht verbreitet war.

Die Klasse erwartete ihn schon. Wieder beglückte es Beiner, wie freundlich man ihm entgegensah. Er hätte jeden Schüler einzeln küssen mögen.

Diesmal gestattete er, dass Tanja stellvertretend für alle ihr fiktives Porträt über die verschollene Rebekka vortrug. Sie tat es, und Beiner war beeindruckt. Vor solchen Texten konnte sich niemand verschließen! Sie mussten schreiben! Sie mussten versuchen, die Menschen mit ihren Texten zu erreichen!

Sie mussten es einfach versuchen!

Hannah meldete sich. Sie verabredeten, dass sie in zwei Tagen kommen sollte, wenn die Flutung des zukünftigen Rastplatzes der Kraniche in den Wiesen bei

Loshausen anstand. Beiner hatte sich das neue Areal inzwischen von Rosskopf zeigen lassen. Ein märchenhaft schönes Gelände! Hannah wollte unbedingt dabei sein. Und sie wollte endlich auch den Rest der Menschen kennenlernen, mit denen es Johannes in der Schwalm zu tun hatte. Sie duldete keinen Widerspruch. Und Beiner war letztlich froh, dass sie kommen würde. Er hatte bisher kein heimisches Gefühl entwickeln können. Er fühlte sich ausgesetzt.

Denn genau besehen, war dies zwar eine kleine, sehr begrenzte Region irgendwo in der Mitte des Landes. Aber wenn man sie verstehen und sich darin zurechtfinden wollte, wurde sie plötzlich so groß und vielfältig, dass man sich darin verlieren konnte.

Hannah sollte ihm Halt geben.

Der Unterricht am Nachmittag verlief stockend, weil die Klasse das Thema noch nicht verinnerlicht hatte. Klaus-Jürgen hatte immerhin einen Text geschrieben, der sich mit den Kranichen beschäftigte. Er las ihn der Klasse vor, die zunehmend befremdet zuhörte.

„Er war jemand, der nur die Seite der Vögel kannte, die der Sonne abgewendet war, die Nachtseite. Er ahnte nichts von der Sonnenseite, obwohl die anderen Menschen ständig davon sprachen. Er sah niemals diese Seite der mächtigen Vögel, die der aufgehenden Sonne zugewendet ist, mit der sie ihre Signale empfangen, wenn sie losfliegen wollen. Es ist ihre glückliche Seite. Aber davon wusste er nichts. So wurde der heimliche Menschenfeind allmählich auch zum Feind der Kraniche. Aber eines Tages geschah etwas …“

Klaus-Jürgen schwieg.

„Alles?", fragte Tanja.

„Ja. Den Rest ergänzen die Leser oder Zuhörer."

„Ein irritierender Text", sagte Joachim nach einem Moment Stille.

„Er spricht jedenfalls nur indirekt von den Vögeln", meinte Traudi. „Er sagt mehr aus darüber, wie Menschen die Kraniche sehen."

„Das ist für Literatur ja auch das Wesentliche", sagte Klaus-Jürgen. „Oder?"

„Na klar", sagte Tanja. „Wir sind ja keine Ornithologen."

„Außerdem", sagte Klaus-Jürgen, „ist das für unsere Kampagne wichtig – die Menschen sollen ihre eigene Erzählung finden."

„Kommen Sie mal hier rüber", sagte Beiner. „Kommen Sie her zu mir. Na los, kommen Sie schon!"

Er winkte sie zu sich heran. Die Klasse erhob sich zögernd.

„Schauen Sie mal aus dem Fenster!"

Sie standen etwas ratlos bei ihrem Lehrer und sahen hinaus.

„Was sehen Sie?", wollte Beiner wissen.

„Einen freien Platz an der Straßenkreuzung eines wenig frequentierten Ortes", sagte Helga.

„Das stelle ich mir unter Literatur vor", sagte Beiner.

„Aha!", entfuhr es Traudi perplex.

„Vergessen Sie die Schulbücher", sagte Beiner. „Vergessen Sie die dicken Handbücher über das angeblich richtige Schreiben mit Titeln wie: *Wie man einen verdammt guten Text schreibt.* Oder ähnliches."

„Sondern?", fragte Traudi.

„Schauen Sie hinaus. Dann versuchen Sie, das, womit Sie sich gerade innerlich beschäftigen, also ihre aktuellen Gedanken, in einen Text zu gießen – egal worüber. In diesem Fall sind es Zugvögel. Dann schauen Sie wieder hinaus. – Was sehen Sie?"

„Einen freien Platz an der Straßenkreuzung eines wenig frequentierten Ortes", sagte Helga.

„Genau!", sagte Beiner. „Ist das nicht toll?"

„Herr Lehrer! ..."

„Die Wirklichkeit", sagte Beiner, „bleibt immer bestehen und ist entscheidend. Aber beim zweiten Hinsehen hat sie sich irgendwie verändert – finden Sie nicht?"

„Etwas genauer, bitte!"

„Wir sehen dieselbe Straßenszene, ganz richtig. Aber trotzdem sehen wir jetzt mittendrin noch etwas anderes."

„Zugvögel?"

„Ganz genau! Es kommt immer auf die Wirklichkeit an. Aber darin sind die anderen, unsichtbaren Dinge enthalten – sie werden nicht ausgelöscht. Sie bleiben bestehen. Sie werden mitgedacht, mitgesehen, mitempfunden – und miterzählt."

„Dann brauchen wir aber immer noch die Anleitung zum Schreiben! Die Worte müssen ja sitzen."

„Klaus-Jürgens Worte sitzen ja, finden Sie nicht? Und er fand sie aus dem Thema heraus, er hat da nichts nachgeschlagen. Ist es nicht so, Klaus-Jürgen?“

„Ziemlich genau.“

„Bleiben Sie noch einen Moment hier an den Fenstern stehen“, sagte Beiner. „Und denken Sie über einen Gedanken nach, den Sie ausdrücken wollen, vielleicht sogar über den Text, den wir gerade von Klaus-Jürgen gehört haben. – Wenn ein Einwohner vorbeikommt und Sie von draußen sieht, machen Sie sich nichts daraus.“

„Der denkt, naja, Träumer! ...“

„Dabei sind wir aber mitten in der Arbeit“, lachte Beiner.

In diesem Moment ging draußen die Leiterin der neuen Kulturinitiave vorbei. Sie schüttelte ihren Kopf mit den Locken – eine sympathische Geste ohne Bedeutung. Und doch sahen die Schüler darin etwas Absichtsvolles. Und Klaus-Jürgen entfuhr es plötzlich: „Das erste Jahr mit Kranichen wäre ein Zeichen ...“

Am Nachmittag hatte der fleißige Joachim tatsächlich ein kleines Märchen geschrieben. Es handelte von einem Träumer, der solange auf einem Kranich ritt, bis alle Artgenossen des Vogels bereit waren, auf den Wiesen des Schwälmer Beckens zu landen.

Joachim hatte die Fassung mehrfach ausgedruckt. Damit ging die Klasse in den Ort zu den Bewohnern.

Sie klingelten an einer Tür eines Dreiseithofes mit Nebengebäuden und Bauerngarten. In der Grundstücksmitte stand ein uralter Leiterwagen. Der ältere Mann, der öffnete, blickte ihnen mit wässrigen Augen entgegen. Und bevor sie etwas sagen konnten, winkte er sie herein.

„Kommen Sie, alle“, krächzte er mit brüchiger Stimme. „Ich hole die anderen.“

„Aber Sie wissen doch noch gar nicht, wer wir sind und was wir wollen!“

„Aber ihr seid doch Fremde, das sieht man doch. Das sorgt immer für Abwechslung.“

Ein paar Augenblicke später war die Stube mit dem alten Kachelofen angefüllt von drei Generationen aus Erwachsenen und Kindern. Verblüfft sahen Beiner und seine Schüler in die Runde.

„Also?“, fragte der alte Mann, „was wollt ihr loswerden?“

„Joachim hier hat ein kleines Märchen geschrieben“, sagte Beiner. „Er will es vortragen.“

„Dann mal los!“, sagte eine ältere Frau. „Wir haben seit langer Zeit keins mehr gehört. Aber laut und deutlich bitte, Großmutter dort hört nicht mehr gut.“

Es waren zwei Alte, drei Erwachsene und fünf Kinder, die den Besuchern erwartungsvoll entgegenblickten. Später kam noch eine schwarze Katze mit neugierigen, gelben Augen dazu.

Beiner stieß Joachim an und der las sein kleines Märchen vor. Im Raum war es still. Als er geendet hatte, klatschten alle.

„Wie schön wäre es, wenn die Kraniche wieder hier rasten würden“, sagte der alte Mann. „Denn es gab ja eine Zeit, in der das so war. Ich kann mich noch gut daran erinnern."

„Aber das ist doch schon so lange her!", warf seine Frau ein.

„Trotzdem", beharrte der Alte. Er wandte sich wieder an die Besucher. „Wissen Sie – nichts geht wirklich vorbei. Nichts vergeht wirklich. Die Zeit häuft nur Schicht auf Schicht."

„So bleiben Erinnerungen lebendig", sagte Beiner.

„Ja. Und sie kommen ungefragt. Deshalb kann man die Erinnerungen nicht aufhalten. Das geht nur mit Gewalt."

„Da haben Sie recht!", sagte Beiner beeindruckt.

„Es war eine glückliche Zeit!", sinnierte der Alte. Und seine Blicke richteten sich in die Ferne, als stünde er am Meer und schaute über die Wellen. Vielleicht erblickte er in diesem Moment tatsächlich die Erinnerung.

„Naja, ein paar Schwierigkeiten hatten wir auch damals schon", sagte die alte Frau.

„Aber insgesamt war alles besser", sagte der Mann. „Alles war im Gleichgewicht, alles passte besser zusammen als heute. Das haben die Vögel geschafft. Sie füllten die Lücke. Kraniche bedeuten Erinnerung."

„Es könnte bald wieder so sein", sagte Beiner, der nicht glauben konnte, wie einfach und natürlich plötzlich alles war. „Wir versuchen gerade, das möglich zu machen."

„Sehr schön", sagte der alte Mann. „Dafür sind die Fremden mit ihren guten Einfällen schließlich da!

Wenn ihr kommt, dann bewegt sich was, dann gehen Türen im Kopf auf."

Und damit wurde der Besuch entlassen.

Als sie gingen, fiel ihnen kein Wort ein. Beiner spürte in sich aber ein kleines, noch sprödes Glücksgefühl.

„Wie wichtig die Erinnerung ist!", rief Joachim. „Im Ort hat man eher das gegenteilige Gefühl. Das Dorf ist versunken in seine – Gegenwart."

„Stimmt doch gar nicht!", widersprach Traudi. „Sie haben doch dafür die literarischen Zeugnisse aus der Grimmzeit!"

„Und die Bilder im Museum von den Malern aus der Stadt, die unermüdlich die unverbrauchten Landschaften der Region malten!"

Eins der Kinder krähte ihnen hinterher: „Kommt bald wieder!" Und es winkte lange.

Noch ganz beseelt von ihren Eindrücken zogen sie weiter und klingelten auf dem Nachbargrundstück. Dort war mit einem Schlag alles ganz anders, denn da waren sie wieder, die Alpträume ...

„Mannsgroß! Grau, weiß und schwarz. Mit aufgerissenen Schnäbeln, und von mythischen Dimensionen. Kraniche waren lange vor den Menschen auf der Erde, das ist bewiesen ..."

„Ja", sagte Beiner, „deshalb wollen wir, dass die Vögel wieder in der Region rasten!"

„Nein, das wollen wir hier nicht", sagte der Mann,

der geöffnet und sie im dunklen Hausflur empfangen hatte. Seitdem standen sie hier. Es war kalt und zugig. Und es roch nach vielem – auch nach gerade verbrennendem Holz.

„Aber warum nicht?“, fragte Beiner.

„Eben weil diese Viecher so sind, wie ich es gerade gesagt habe! Ich habe sie gesehen. Die Bilder werde ich nicht mehr los. Wir wollen die hier nicht. Das erinnert an Zeiten, die ganz ungut waren! Die bringen was in unser gutes Leben, das nicht ... das nicht ... kontrollierbar ist.“

„Wovor haben Sie denn Angst?“, wollte Joachim wissen.

„Nicht so vorlaut, Bürschchen!“, sagte der Mann und reckte seine ohnehin große Gestalt. „Wir haben keine Angst. Vor überhaupt niemand! Aber manchmal ist es besser, alles bleibt so, wie es ist. Und niemand rührt an Dingen, die vergangen sind.“

„Kraniche!“, sagte Tanja. „Es geht doch nur um Kraniche!“

„Ja! Eben! Ihr wisst doch gar nicht, was damit alles zurückkommt! Davon habt ihr doch keine Ahnung!“

„Kann Ihnen Klaus-Jürgen hier seinen kleinen Text vortragen?“, sagte Beiner. „Vielleicht können Sie ihn verstehen.“

„Meinetwegen.“

Klaus-Jürgen hatte Mühe, seinen Text in dem schummrigen Licht wiederzugeben. Während er las, ging im oberen Bereich des Flurs eine Tür auf und zwei Männer kamen die ausgetretenen Treppenstufen herunter. Jede Stufe hatte ihren eigenen Ton. Einen der Männer erkannte Beiner an seinen Tätowierungen, er war unter denen gewesen, die ihn belästigt hatten.

Nachdem Klaus-Jürgen geendet hatte, rieb sich der kräftige Mann im grauen Arbeitsoveral, der sie hereingelassen hatte, die Nase und sagte in rauer Dialektfärbung: „Na, also! Das könnte doch ich sein! – Verstehen Sie jetzt!“

Etwas ratlos schauten sich die Schüler an.

Aus dem Hintergrund traten die beiden anderen, mit einer Mischung aus Verlegenheit und Nachdrücklichkeit, näher.

„Ihr mit euren Ideen!“, sagte einer. „Warum könnt ihr uns nicht in Ruhe lassen! Bleibt in der Stadt und sülzt da rum. Wir haben hier alles. Und ihr kommt hierher und stiftet Unfrieden.“

„Ihr habt nicht alles“, sagte Helga munter, „Kraniche fehlen noch.“

„Quatsch! Keiner mag diese Vögel! Es gab hier schon mal Ärger wegen solchen Viechern. Passt auf, dass das nicht wieder passiert! Denkt immer an Greifenhain!“

„Wieso“, fragte Helga, „was war da?“

„Da ist sogar einer gestorben! Ein ganz Schlauer! Wurde nie aufgeklärt! Pech gehabt!“

„Dann gehen wir am besten wieder“, sagte Traudi.

„Ja, und kommt besser nicht wieder!“, sagte der Mann.

„Mannomann!“, entfuhr es Klaus-Jürgen, als sie wieder im Hof standen. „Wenn du hier irgendwo reingehst, weißt du nicht ...“

„... ob sie dich begrüßen oder begraben ...“

„Aber eins ist klar“, sagte Helga. „Das Thema Kraniche löst hier irgendwas aus, das sehr merkwürdig ist, etwas sehr Zwiespältiges. Als würde man damit an ein Gedächtnis rühren.“

„Greifenhain!“, sagte Joachim nachdenklich. „Was war da!“

„Wollen Sie das recherchieren, Joachim?“, schlug Beiner vor.

Auf dem nächsten Grundstück öffnete ihnen eine verschwitzte junge Frau. Sie putzte gerade, die blonden Haare hingen ihr ins Gesicht. „Nein, nein“, sagte sie, „keine Zeit, mir was anzuhören. Aber ich will ihnen schnell selbst was erzählen. Echt gruselig.“

„Gerne“, sagte Beiner und sie gruppierten sich vor der Eingangstür um die Frau.

„Wir haben einen neuen Nachbarn bekommen“, begann die junge Frau, „der den angrenzenden Garten nach langem Leerstand aufgeräumt hat. Er hat das mannshohe Gras beschnitten, Bäume gefällt, Büsche herausgerissen, Hecken gekürzt. Mein Mann und ich, wir lobten den neuen Nachbarn, denn das Gelände war nach dem Tod des Vorbesitzers allzu lange verwahrlost gewesen. Wir beobachteten den Nachbarn aus der Ferne, wie er sich mit gesenktem Kopf, das Gerät vor sich an den Leib gegürtet, ins Gehölz fräste. Wir blieben geduldig und dankbar. Erst nach Stunden blickten wir seufzend auf die Uhr. Allmählich fiel mir auf, dass der Nachbar sich kaum von der Stelle gerührt hatte. Er machte sich in Höhe des Teichbiotops an unserem Gartenzaun zu schaffen.“

Die junge Frau verschnaufte kurz. Sie wischte sich Schweiß von der glatten Stirn und sich dann die Hände an der Kittelschürze ab.

„Ich trat näher ans Fenster“, erzählte sie weiter. „Der Nachbar, ein noch junger, kräftiger Bauer, hackte ins Gehölz. Seine Tätigkeit nahm inzwischen – ehrlich gesagt – die Form eines Kampfes an. Er schlug den rotierenden Fräskopf mit den scharfen Zähnen immer wieder in die gleichen Wurzeln ...“

Die junge Frau versank einen Moment wie in Trance. Dann sagte sie: „Meine Unruhe wuchs. Allmählich bemerkte ich, dass der junge Bauer bei seiner Arbeit gar nicht das Unterholz vor sich im Blick zu haben schien, wie zu erwarten war. Er hielt den Kopf zwar gesenkt, richtete seinen Blick aber aus der Deckung seiner Tätigkeit heraus auf unser Grundstück. Mir wurde immer klarer, dass er die ganze Zeit über uns beobachtete. Als ob er träumte oder nachdächte, stand er da, hackte die Fräse ins Unterholz und ließ uns dabei – jetzt schon seit Stunden – nicht aus den Augen.“

Die junge Frau schwieg erschöpft, strich sich einige widerspenstige Haarsträhnen aus der Stirn und lehnte sich gegen die Türfüllung.

„Sensationell!“, entfuhr es Traudi.

„Muss nicht sein – oder?“, fragte Tanja.

„Mir wollen dann mal!“, sagte Beiner. „Danke für die Story! Einen schönen Tag noch!“

Sie zogen weiter und klingelten noch an mehreren Haustüren. Überall wurde ihnen aufgemacht. Beiner entschied je nach spontanem Eindruck, ob Joachim oder Klaus-Jürgen ihren Text vortragen sollten. Die Reaktionen waren freundlich, aber reserviert. Hereingebeten wurden sie nirgendwo. Aber das hatten sie auch schon von Politikern im Wahlkampf gehört. Sie durften bei manchen aber den ausgedruckten Text hinterlassen. Und es gab freundliche Bemerkungen zum Projekt Kranichland-Schwalm.

„Na, also“, atmete Beiner auf. „Fürs Erste haben wir doch ganz spannende Ergebnisse. Die Leute sind doch weitgehend zugänglich. Ich wäre auch reserviert, wenn bei mir jemand klingelt und mir was – verkaufen will.“

„Die Propagandamaschine rollt jedenfalls gewaltig an!“, sagte Tanja.

„Ich bin trotzdem froh, dass ich noch am Leben bin“, sagte Helga etwas atemlos.

„Bist du das? Lass mal fühlen!“, scherzte Klaus-Jürgen.

„Ach komm!“, sagte Joachim. „Die Nordhessen sind eben so – raue Schale, rauer Kern. Oder wie sagt man?“

Alle lachten.

Sie beratschlagten, was sie tun wollten. In der Luft lag ein Duft von frisch gemähtem Gras. In der Ferne war der Lärm von Traktoren zu hören. Zum wiederholten Mal wurden die Wiesen gemäht, was früher nur zweimal im Jahr geschehen war. Die hungrigen Silos der modernen Landwirtschaft warteten schon.

Zum Mittagessen gingen sie in ein Wirtshaus im Nachbarort Merzhausen. Im *Pfalzgraf* waren nur zwei Tische belegt, aber beide von einer kleinen Gesellschaft. Sie schoben zwei Tische im Eingangsbereich zusammen und wurden von der stämmigen Wirtin begrüßt. Die Speisekarte war eindeutig – Gebratenes vom Schwein oder Rind in mehreren Variationen mit durchaus ansprechenden Soßen. Aber als Tagesempfehlung gab es Lachslasagne. Alle bestellten diese.

Noch bevor das Essen kam, hatten sie sich darüber verständigt, dass sie mit ihren Hausbesuchen unbedingt weitermachen wollten. Eine solche Rückmeldung in unterschiedlicher Form war ein kleiner Schatz, mit dem man etwas anfangen konnte. Es war ein Riesengewinn, die Reaktionen der Landbevölkerung besser zu verstehen. Wenn es auch zweifelhaft war, ob die Landung der Kraniche in den Schwalmauen dadurch näher rückte. Sie mussten auf jeden Fall mit den Landwirten sprechen, denen die Wiesen bei Loshausen gehörten.

Beiner sagte gerade: „Die Vögel rasten ja nur ein paar Tage, allerhöchstens drei Wochen, dann ziehen sie weiter."

„Ja eben!", rief ein Gast vom Nachbartisch herüber. „Und deshalb soll ein solches Brimborium veranstaltet werden? Mit Wiesenfluten und anderen Scherzen? Danach sind die Wiesen unbrauchbar."

„Guten Tag!", erwiderte Beiner. „Sie sind von hier?"

Der Mann erhob sich halb. Er war groß, sein längliches Gesicht war bleich. Seine Tischnachbarin wollte ihn wieder in Sitzposition drücken, aber er schüttelte sie ab.

„Ich sag Ihnen mal was! Wir hier sind froh, dass die Wiesen nicht mehr überflutet sind! Das war nämlich mal anders! Mindestens zweimal im Jahr, Frühjahr und Herbst, war dann erst mal Schluss mit der Landwirtschaft ..."

„Auch wenn die Böden hinterher durchaus wieder ackerfähig wurden!", warf sein Tischnachbar ein.

„... Aber bis dahin mussten wir warten! Seit dem Stauwehr und dem Rückhaltebecken drüben und auch die Anlage im Schwalmtal bei Alsfeld ist das prima und der Hochwasserschutz mit viel Geld gewährleistset. Und das wollt ihr jetzt rückgängig machen? Nur wegen ein paar Zugvögeln! Seid ihr irre, Leute!"

Der Mann wurde von seiner Begleitung am Tisch besänftigt. Aber noch als er wieder saß, fuchtelte er mit den langen Armen herum.

Die Klasse um Johannes Beiner war verstummt.

Vom Nebentisch Gemurmel. Auch am zweiten Tisch der Gesellschaft wurden Stimmen lauter. Beiner fühlte sich in der Pflicht zu antworten. Er beugte sich vor, um den Redner anzusehen.

„Ich verstehe Ihre Einwände voll und ganz ..."

„Ach! Tatsächlich?"

„... Aber Sie müssen nicht glauben, wir als Ortsfremde zwingen Ihnen hier etwas auf! Nein, das Thema kommt ja aus der Region! Es gibt Interessen bei der Wirtschafts- und Tourismusförderung, die das Ganze befürworten! Man will ein neues Selbstverständnis für die Landschaft der Schwalm anstoßen, sie zu einem attraktiven Naturerlebnisort machen. Das ist keine Idee von Städtern, die Langeweile haben!“

„Kann sein“, mischte sich jetzt ein junger Mann ein, der einen langen Bart besaß und eine auffällig akkurat geschnittene, dunkle Frisur. „Aber auch denen muss man sagen, dass solche Pläne über unsere Köpfe hinweg nicht zu machen sind.“

Eine Frau rief: „Als ob wir nicht genug Probleme haben, Mann!“

Ein Mann ergänzte: „Paradies für Pionierarten wie Flussregenpfeifer und Rohrammer! Wenn ich das schon höre!“

Die Wirtin kam mit den Getränken. Kurze Zeit darauf erschien sie schon mit der Speise. „Jetzt essen erst mal alle“, sagte sie resolut. „Glaubt ihr, an drei Tischen gleichzeitig auf den Punkt zu servieren ist einfach!“

Die Lachslasagne war einzigartig. Wie konnte eine solche abgelegene Landküche etwas derart Köstliches kochen! Beiner verdrehte innerlich die Augen zum Himmel. Während des Essens war es ruhig, abgesehen von einigen Wortfetzen, die hin und wieder durch den Wirtshausraum schossen wie abgefeuerte Munition.

Nach dem Essen herrschte einen Moment Schweigen. Dann stand jemand am zweiten Tisch auf, nahm sich einen Stuhl und pflanzte sich am Tisch der Klasse auf. Beiner sah den fülligen, gemütlich wirkenden Einheimischen freundlich an.

„Wenn ihr gestattet, Leute“, sagte der Mann.

„Sie wollen uns etwas Wichtiges sagen, vermute ich“,

sagte Beiner, der sich als eine Art Beschützer seiner Klasse nicht unwohl fühlte.

„Kieling. Ich habe mich mit Bio-Ökonomie beschäftigt“, erwiderte der Mann und fügte hinzu: „Wie wir übrigens alle hier. Der Bauernverband hat uns für einen Workshop zum Thema eingeladen, den ich leite.“

„Olaf! Übernimm dich nicht gleich!“, rief einer am Nachbartisch.

„Was genau ist das eigentlich, Bio-Ökonomie“, fragte Traudi.

„Landschaftsschutz, Kulturschutz, Naturschutz, Diversität, Düngung, Jagd – und der Lebensraum der Einwohner.“

„Höchst kompliziert, was?“, sagte Beiner.

„Das kann ich Ihnen sagen – und nun passen Sie mal auf!“

Als Beiner um sich sah, bemerkte er, dass aller Aufmerksamkeit auf ihn und sein Gegenüber gerichtet war, die Leute an den beiden Nebentischen hatten ihre Stühle in ihre Richtung gerückt.

„Wachtelkönig, Wiesenpieper, Kiebitz, Blauflügelprachtlibelle – das ist es nicht, was uns hier aufregt. Das kann alles bleiben. Das ist an einem fischreichen Fließgewässer, wie wir es hier mit der Schwalm haben, grundsätzlich gewöhnlich. Aber das Fremde ist das Problem.“

„Ähh ...“, machte Beiner.

„Das Fremde in jeder Form“, fuhr der Mann fort. Er lehnte sich zurück und faltete die Hände über seinem wohlgenährten Leib. Dann beugte er sich wieder vor. „Und das kommt aus Erfahrung. Wir wissen ganz genau, wie wir zurechtkommen – und das Fremde tut immer so, als sei alles ganz anders. Und dann fangen sie an zu reden, Gutachten zu machen und uns damit zu belästigen."

„Und sie drohen immer mit Geldentzug!", rief eine Frau.

„Das Fremde? Was ist das? Das interessiert mich!", wollte Beiner wissen.

„Einschränkungen und Erlasse und Verordnungen ohne Ende!", rief ein Gast vom Nachbartisch.

Kieling ging auf Beiners Frage nicht ein.

„Jedenfalls sollen wir zukünftig alles nachhaltig erzeugen – grünes Wachstum sozusagen. Aber was das für ein Umstellungsprozess ist, und wer die Kosten trägt, das konnte mir noch keiner erklären!"

„Neulich kam einer aus Wiesbaden", rief ein Gast in Jägertracht herüber, „und erklärte uns, wir Landwirte sind für Klimaschutz, nachhaltigen Konsum, zum Erhalt der wichtigsten Naturgüter wie Trinkwasser, fruchtbare Böden, saubere Luft und – dingsda – verantwortlich."

„Biodiversität", ergänzte Kieling an Beiners Tisch.

„Verstehen Sie? Wir Bauern sollen das alles lösen! – Sind die verrückt!"

„Wir müssen unsere Familien ernähren!"

„Aber wir alle müssen was tun!", wagte sich Helga aus der Deckung. „Die Weltbevölkerung wächst und die fossilen Rohstoffe werden knapper!"

„Dann noch die Klimakrise!“, rief Traudi.

„Aber wir hier können doch nichts tun!“, rief der Einheimische. „Wir haben nicht mal Schuld daran! Wie denn!“

Beiner sagte: „Ich will nicht behaupten, Literatur kann helfen. Das käme Ihnen sicher komisch vor. Aber mir ist eines klar: Aus dem egoistischen Starren auf uns selber muss eine Erzählung werden, die alle Menschen verstehen und die alle Menschen mitnimmt.“

„Jetzt kommt der mit Gedichten!“, lachte ein Gast.

„Nein, nicht unbedingt mit Gedichten – obwohl Gedichte mit ihren präzisen Wahrheiten viel bewirken können – wenn man sich einen Moment Zeit nimmt, darüber nachzudenken! Aber von Zusammenhängen erzählen, das kann nur die Literatur! Sonst rennen wir alle nur gegen die sogenannten Sachzwänge an!“

„Sachzwänge! Wenn ich das schon höre!“, rief jemand.

„Ja, eben!“, hakte Beiner ein. „Von anderen Menschen erzählen, mit vergleichbaren Problemen, in anrührenden Geschichten – das kann nur die Literatur! Und wir hören zu, lernen daraus und hören auf, egoistisch zu sein. Es kann nicht mehr jeder nur seine eigene persönliche Lage ins Feld führen. Das müssen wir begreifen!“

„Worte! Worte!“

„Worte können helfen, glauben Sie mir!“, beschwor Beiner. „Sie müssen nur ehrlich gemeint sein! Worte wurden vielleicht allzu oft als Lüge eingesetzt, um bestimmte Absichten durchzudrücken.“

„Naja“, sagte jemand, „kann schon sein. Aber sollen wir jetzt alle dicke Bücher lesen, oder was!“

„Ist es nicht so", sagte Beiner inzwischen laut, „dass man uns immer nur mit irgendwelchen Regeln kommt? Dadurch wird jedes Nachdenken betäubt. Und jedes Gefühl erstickt. Und jeder von uns will doch mehr, als immer bloß funktionieren. Oder? Jeder spürt doch, dass da mehr ist, oder? Das hat nichts mit Bildung zu tun! Schon gar nicht mit Ämtern oder Titeln. Jeder, der am Abend hier am Ortsrand mit anderen auf dem Sportplatz steht und Blasmusik macht, der will doch mehr ausdrücken, der hat doch ein Gespür dafür, dass es mehr gibt als das Höher, Weiter, Schneller! Und als das Geldverdienen. Oder?"

„Ja schon. Aber was wollen Sie damit sagen?"

„Gefühle, die durch Innehalten und Nachdenken oder durch bloßes Schönheitsempfinden entstehen und ausgedrückt werden, das sind auch Gefühle für Literatur! Für Erzähltes! Für Geschichten! Glauben Sie mir! Das haben wir alle in uns! Das ist nur verloren gegangen!"

Ein älterer Mann mit jungem Gesicht und einer kräftigen Figur meldete sich zu Wort. Er stand halb auf und stützte sich auf die Tischkante, offenbar um seinen Rücken zu schonen. Er sagte mit überraschend sanfter Stimme: „Ich kann das schon nachvollziehen, was der Herr Beiner sagt. Ich habe jetzt selbst damit angefangen, Gedanken aufzuschreiben, die mir so einfallen. Und ich habe die alten Bücher herausgekramt. Märchenbücher. Es wurde ja früher so viel erzählt, das ist ja der helle Wahnsinn! Und ich habe an meinem gepachteten Basaltsee – ihr kennt ihn alle – damit angefangen, Märchenfiguren zu schnitzen. Aus Holz. Und seitdem höre ich sie sprechen. Sie erzählen mir was. Wenn ich abends mit meiner Frau da sitze, hören wir von allen Seiten Stimmen. Und sonst nur Stille. Es ist herrlich! Ich denke, der Herr Beiner hat durchaus recht!"

„Aber wenn du mit deinem Monster-Quad dahindonnerst, Paule, machst du doch alles kaputt, was du eigentlich suchst!"

„Wie soll ich denn sonst zum See kommen! Laufen kann ich mit meinem Rücken nicht mehr! Dreißig Jahre Arbeit auf dem Land machen dich platt."

„Schon recht, Paul! War nicht böse gemeint!"

Nach einer kurzen Pause sagte ein Einheimischer: „Die EU macht totalen Druck. Wir müssen biologische Ressourcen in Nahrungs- und Futtermittel umwandeln, Bio-Energie erzeugen, den Zusammenhang von regionalen Rohstoffen und Kulturlandschaft im Auge behalten. Aber belohnt werden wir dafür nicht."

„Dafür muss keiner belohnt werden!", rief Tanja plötzlich. „Das muss eine Selbstverständlichkeit werden, dass wir uns alle dafür anstrengen! Das ist ja kein Spaß mehr!"

„Ja, wenn Sie das so sehen, junge Frau, dann bleiben Sie mal gleich hier und helfen Sie mit! In meinem Stall muss nachhaltig aufgeräumt werden!"

Einige lachten. Andere blickten vor sich hin.

Je mehr man sich einlässt, dachte Beiner bei sich, desto mehr wachsen die Probleme. Und man ahnt, wie unzureichend das eigene Angebot ist.

„Ein Leitbild der Bio-Ökonomie“, erklärte Kieling und beugte sich über Beiners Tisch, „ist natürlich das Kreislaufprinzip. Wirtschaftskreisläufe auf regionaler Ebene. Das wär‘s, aber da hakt es noch gewaltig ...“

„Aber es müssen wirtschaftliche Aktivitäten folgen, die das alles auffangen!“, rief jemand. „Sonst bleibt alles nur graue Theorie.“

„Alles hat seine eigene, innere Dynamik!“, sagte jemand, wie ein Echo. „Und da wird’s eben schwierig. Denn wer soll das leisten – neben seinem Lebenserwerb!“

„Da müssen die Fachleute ran!“

Beiner dachte: Die Menschen hier sind weiter als wir in der Stadt. Zumindest sind sie weiter als ich. Sie denken über viel mehr nach. Und sie haben mit den Problemen tatsächlich zu tun, über die in der Stadt nur geredet wird.

Und Literatur? Was kann Literatur helfen!

Er hatte versucht, es zu erläutern, fühlte jetzt aber so etwas wie Demut.

„Grien da drüben“, sagte Kieling unvermittelt, „wollte einen neuen, modernen Stall für seine Rinder bauen! Und nun raten Sie mal, wie lange die Genehmigung durch die Behörden gedauert hat!“

„Sicher lange“, sagte Beiner. „Aber das ist nicht mein Thema.“

„Aber meins!“, sagte der Mann. „Drei Jahre!“

„Inzwischen geht die Bauabsicht verloren“, kam Beiner dem Mann entgegen.

„Was? – Ja, ganz genau!“

„Wissen Sie denn überhaupt, was meine Schüler und ich hier machen wollen?“, fragte Beiner.

„Sicher!“

„Was denn?“

„Ein Paradies für Kraniche!“

„Kraniche“, sagte Beiner, „sollen maximal drei Wochen im Frühjahr und maximal drei Wochen im Herbst auf bestimmten Wiesen in der Schwalm rasten dürfen. Nicht mehr und nicht weniger.“

„Warum gerade hier, zum Teufel noch mal!“

„Sie finden hier ideale Bedingungen vor, deswegen!“

„Aber das stimmt doch gar nicht! Ihr wollt diese Bedingungen doch überhaupt erst schaffen – darum geht es doch! Darum seid ihr doch hier!“

„Wir helfen nur nach. Wenn die Vögel nicht hier rasten, dann tun sie es eben zehn Kilometer weiter, irgendwo in der Wetterau, im Borkener Seengebiet oder im Amöneburger Becken. Sie müssen rasten und übernachten, wie jeder Zugvogel.“

„Wie jeder Reisende“, sagte Tanja.

„Wir reisen nicht“, sagte jemand, „wir haben zuhause alles beieinander.“

„Zugegeben, wir könnten den Tieren entgegen kommen“, warf eine junge Frau vom Nachbartisch ein. „Wir lieben ja Tiere. Ich bin sogar in der Tierschutzpartei. Aber ...“

„Aber es dürfen andere Interessen dadurch nicht zu kurz kommen!“, unterbrach sie ein anderer Gast.

„Ganz genau!“

„Aber es gibt doch immer unterschiedliche Interessen!“, rief Klaus-Jürgen, „die müssen eben ausgeglichen werden! Das kann doch nicht so schlimm sein!“

„Weiß ich, Klugscheißer!“, rief der andere zurück.

„Nana!“, sagte Klaus-Jürgen und schüttelte seinen Struwwelpeterkopf.

Die Wirtin stellte sich vor ihre Theke. „Noch Nachtisch?“, fragte sie mit ihrer harten Stimme.

Ein paar Biere wurden geordert. Dann sagte Beiner:

„Klaus-Jürgen hat einen kurzen Text geschrieben. Darf er ihn vorlesen?“

„Mutig“, brummte die Wirtin. „Was Literarisches in meiner Wirtsstube. Das hatten wir noch nicht.“

„Dafür hat der Bürgermeister aber neulich eine höchst blumige Rede gehalten, von wegen höherer Grunderwerbssteuer!“, rief jemand. Und alle lachten.

„Nein, keine Märchen“, sagte Beiners Gegenüber. „Uns hier reichen die Tatsachen.“

Beiner begriff, dass er noch nicht viel weiter gekommen war, wollte aber noch nicht aufgeben.

„Sie mögen keine gute Meinung haben von erzählender Literatur“, sagte er schnell. „Sie sehen nur den launischen und arroganten Autor von Poesie. Wer könnte ihm trauen? Dagegen Sachliteratur! Da sieht man die unumstößlichen Fakten hinter jedem Wort. – Und doch ist es genau umgekehrt! Dichter meinen es immer ernst. Sachautoren dagegen benutzen die Fakten wie Waffen, die sie auf die Leser richten und zwingen sie damit, ihre Sicht der Dinge als die einzige Wirklichkeit hinzunehmen. Traut eher den Dichtern!“

„Starke Rede!“, sagte Klaus-Jürgen.

Beiner war noch nicht fertig. „Literatur kann sichtbar machen, was vorher nicht ...“

„Egal, das ist ihr Problem!“, sagte der Mann. „Ich will Ihnen Folgendes auf den Weg geben ...“

„Ich würde das Märchen gerne hören!“, rief eine junge Frau vom zweiten Nachbartisch.

„Was wir hier brauchen“, sagte Beiners Gegenüber ungerührt, „sind Gewerbegebiete für Unternehmen, die Zukunftspotenzial haben! Der Standort ist hervorragend! Wir haben in der Nähe einen ICE-Bahnhof, wir haben Gewerbe, die schon jetzt klimafreundlich und nachhaltig ausgerichtet sind, wir bauen die Autobahn weiter aus. Ein Zuwachs an Neubürgern ist die Folge und wachsende Kaufkraft. Das ist es, was wir brauchen – keine Vogelwiesen.“

„Und keine Gedichte!“

„Ganz einfach ist das nicht!“, sagte jemand. „Zu viel Fläche ist schon versiegelt worden, stimmt das nicht?“

„Und alles bleibt beim Alten!“, rief Helga. „So kommen wir nicht raus aus der Abhängigkeit von fossiler Energie!“

„Biomasse ist das Zauberwort!“, rief ein Gast.

„Ja, Biomasse!“, rief ein anderer. „Das bringt uns Geld!“

„Nicht genug! Die Hälfte geht für Maschinen und neue Gerätschaften drauf! Nur durch die Subventionen und Energie verdienen wir was, denn die Pachtpreise fressen doch den Rest auf!“

„Du kannst ja aus deiner Biomasse Chemiekalien,

Schmierstoffe, Tenside, Farben und Papier erzeugen, Hans! Das bringt richtig Geld!"

„Ich bin Bauer!", schrie der Gast. „Doch kein Chemiepanscher!"

„Ja, wohin soll die Reise gehen!", rief ein anderer. „Alles können wir nicht kriegen!"

„Aber wir müssen darüber debattieren!"

„Es gibt genug Bürgerforen!", sagte der Mann unwillig. „Jeden zweiten Tag in der Woche ein Bürgerforum, auf dem beraten wird. Alles wird zerredet."

„Noch drei Apfelschorle", bestellte eine junge Frau mit beeindruckender weißblonder Frisur bei der Wirtin.

„Nimm doch nur den Tankstellenbetreiber. Was soll der machen, wenn keiner mehr tankt! Wenn alle sagen: fossile Ressourcen müssen durch verschiedene nachwachsende Rohstoffe ersetzt werden. Denn das ist es ja, was die Bio-Ökonomie will, den Sprung in die nachfossile Wirtschaft."

Beiner hatte den Eindruck, es ging den Einheimischen schon lange nicht mehr um Zugvögel, sie waren längst bei ihren eigenen Sorgen angekommen. Und er konnte es ihnen nicht verdenken. Das Land stellte seine eigenen Bedingungen. Und es war ihr Leben.

Einige seiner Schüler notierten eifrig mit. Tanja lächelte ihren Lehrer glücklich an. Wir hier können gar nichts lösen, dachte Beiner, wir sind hier überflüssig. Er wünschte, Asmus wäre hier und würde zuhören.

Beiner wurde ungeduldig, er sah auf seine Armbanduhr. Er winkte kurzentschlossen der Wirtin und deutete auf seinen Tisch.

„Zahlen!", rief er. „Ich zahle hier alles."

Jemand aus der Wirtshausgesellschaft kam ihnen nach. Ein grauhaariger Mann mit kurz geschnittener, staubtrockener Frisur.

„Hallo! Warten Sie noch einen Moment! Ich will Ihnen noch was sagen!"

Beiner drehte sich zu dem Mann um. „Ja?"

„Ich wollte noch etwas klarstellen!"

Beiner schickte seine Schüler voraus. „Ich komme gleich – wir reden noch über den morgigen Unterricht!"

„In der Diskussion da drinnen, ging ja alles durcheinander. – Ich will sagen, dass Bio-Ökonomie nur eine Scheinlösung ist. Der Olaf ist da verblendet."

„Ich hatte nicht den Eindruck ...", wandte Beiner ein.

„Doch, doch! Der Olaf übernimmt sich gern. Bio-Ökonomie, das sage ich Ihnen, verschärft nur die Krisen, sie löst rein gar nichts."

„Hm", machte Beiner. „Das mag sein, aber ..."

Er sah, dass seine Schüler den Sportplatz schon passiert hatten und Kurs auf Willingshausen nahmen. Beiner wendete sich seinem Gegenüber zu.

„Bioökonomen versprechen Ihnen heute alles", sagte der Mann. „Ernährungssicherheit, Schutz vor Klimakatastrophen, Schutz von Natur und Ressourcen, sogar mehr Wettbewerbsfähigkeit."

Beiner ermunterte ihn, weiter zu sprechen.

„Fossile Rostoffe einfach durch nachwachsende zu ersetzen“, sagte der Mann, „ist quantitativ gar nicht zu schaffen. Bio-Ökonomie schafft neue Flächenkonkurrenz, alles wird nur noch knapper.“

„Wir könnten Biomasse einführen, davon wurde doch vorhin auch geredet“, sagte Beiner, „wir führen doch sonstwas ein.“

„Setzt noch mehr Treibhausgase frei“, sagte der Mann. „Außerdem macht Bio-Ökonomie die Verwendung von Agro-Gentechnik nötig. Wollen Sie das?“

„Ich nicht“, sagte Beiner.

„Na, sehen Sie! Da klemmt's schon.“

„Grünes Wachstum!“, warf Beiner in den Ring. „Wirtschaftswachstum ohne Umweltzerstörung!“

„Das ich nicht lache! Das gibt es nicht!“

„Ja – was dann?“

„Ein Ende der Idee vom dauernden Wachstum!“, sagte der Mann. „Das muss unser Ziel sein. Teilen und Umverteilen ganz neu denken, Bio-Ökonomie hin oder her.“

„Machen Sie das mal den Bauern hier klar!“

„Die Bauern kapieren das sehr wohl, mein Herr Literat! Aber die Bürokratie in Europa versteht es nicht. Die verlangt immer mehr Steigerung der Erträge, weil die Weltbevölkerung wächst – und sie belohnen nur große Flächen!“

„Davon verstehen Sie sicher mehr als ich ...“

„Der übersteigerte Ressourcenverbrauch ist unser Problem.“

Beiner sah, dass seine Schüler inzwischen hinter der Kurve nach Willingshausen verschwunden waren. Er trat von einem Fuß auf den anderen. Er spürte, wie jeder Satz ihn mehr daran zweifeln ließ, dass sein literarischer Auftrag hier für irgendetwas von Nutzen war.

„Wir müssen insgesamt weniger verbrauchen, weniger konsumieren! Das wäre die Lösung!"

„Alles klar. Da stimme ich Ihnen zu! ..."

„Ich habe nichts gegen Ihre Idee mit den Kranichen, das sollten Sie noch wissen! – Aber andere sind da anderer Meinung! Und das, mein verehrter Herr Literat, sollten Sie auf dem Schirm haben!"

Wer sind diese anderen, dachte Beiner, fragte aber nicht. Und dann lief er los.

Das Dorf weiß alles, nichts entgeht ihm.

Unter diesem Motto feierte man am Ortsrand das Fest der Feuerwehren. Eingeladen war Beiner nicht, aber schlafen konnte er auch nicht. Er hörte laute Gesänge aus der Ferne und stampfende Musik. So abstrakt wie es war, weil die Sänger nicht zu sehen waren, klang es beinahe wie eine Ankündigung eines Aufmarsches. Er rief Hannah an und erzählte ihr von seinen Erlebnissen. Sie riet ihm, sich aus den kontroversen Lagern herauszuhalten.

„Das ist nun nicht ganz einfach", erwiderte Beiner, „wenn man auf diese Lager einwirken soll."

Beiner hatte nach seiner Rückkehr noch mit den Schülern zusammengesessen. Alle waren angetan von der Diskussion im Wirtshaus. Das war echtes Leben! Die Menschen mit ihrem Alltag lieferten ihnen den Stoff. Alle wollten darüber schreiben. Am nächsten Morgen hatte Beiner mit der Klasse viel vor, deshalb trennten sie sich bald.

Beiner ging in Gedanken nochmal alles durch, legte seine Unterlagen zurecht, rief noch einmal Hannah an, um Gute Nacht zu sagen und ging früh schlafen.

Bis auf die Geräusche des Festes am Ortsrand, lagen die Straßen still im Mondlicht. Die Dunkelheit deckte alles zu, Sehnsucht, Einsamkeit, Vorfreude auf die kommenden Tage.

Beiner dachte über sich und Hannah nach.

Und über alle die interessanten Menschen vor Ort, die er bisher kennengelernt hatte.

Was konnte er für sie erreichen? Und wollten sie überhaupt etwas von ihm?

Kurz vor Mitternacht gab er das Nachdenken auf, lauschte den letzten Gesängen und überließ sich seiner Müdigkeit, die tief in ihm saß. Sein letzter Gedanke galt noch einmal Hannah. Wie viel hatten sie schon zusammen durchgestanden! Er unterschätzte das zu oft.

In seinem Kopf entstand Leere, die ein unbekannter Geist mit Bildern aus seiner Kindheit füllte. Er sah, wie jemand neben ihm saß, als sie – die ihn begleitenden Personen befanden sich außerhalb der Bildränder – mit der Straßenbahn durch die Stadt fuhren und mehrere Gleise sich kreuzten, sich entfernten und wieder zusammenliefen. So als spielten sie nur für ihn ein bestimmtes Spiel. Er sah sich in den Straßen von Berlin

– oder war es schon Offenbach – herumgehen, die Bilder überlagerten sich, auf der Suche wonach? Seine Kindheit war erfüllt von Bildern. Später hatte er versucht, diese in der Literatur wiederzufinden, hatte viel gelesen. Und er war ein Flaneur geworden, eine Leidenschaft, die er in Offenbach nur eingeschränkt befriedigen konnte. Dafür brauchte er größere und schönere Städte – und die Natur.

Er schreckte auf.

Ein flüchtiger Blick auf sein Smartphone zeigte ihm, dass es nach zwei Uhr in der Nacht war.

Er lauschte in die Stille vor den Fenstern.

Das Feuerwehrfest war offenbar zu Ende.

Unten, es musste an der Hintertür des abseits liegenden Gästehauses sein, in dem er wohnte, klapperte etwas. War es nur ein loser Fensterladen im Wind? Er hatte ihn in der Nacht davor nicht gehört. Johannes Beiner stand auf, trat ans Fenster und blickte hinaus.

Es war völlig windstill.

Und finster.

Nichts als ein schwarzer Abgrund, in den alles hineinfiel, selbst die Dunkelheit. Dann hörte er es wieder. Es schien näher gekommen zu sein. Ein ständiges, leises Geräusch, das sich unwillig anhörte.

Wie ein Klopfen um Einlass.

Dann wieder Stille. Auch unten im Erdgeschoss, wo die Geschäftsräume der Stiftung lagen, blieb alles ruhig. Beiner wollte sich schon wieder ins Bett legen, sicher war es nur ein Tier gewesen, das von den Feldern herübergekommen war und die menschliche Nähe suchte.

Da hörte er es wieder.

Diesmal schien es unten aus dem Hausflur zu kommen.

Jetzt hörte er es ganz deutlich. Es war ein anhaltendes Geräusch, das von unten kam, als zöge etwas am Holz der Haustür entlang.

Von innen.

Als ihm das bewusst wurde, sprang er in sein Zimmer zurück und ging zur Eingangstür auf der anderen Seite. Es war ihm klar, dass er vielleicht übertrieben angespannt reagierte, aber sein innerer Zustand war offenbar so. Das Land hatte ihn bisher nicht beruhigt. Die Ruhe und Ereignislosigkeit lösten bei ihm eher latente Vorahnungen aus. Beiner schloss auf, drückte die Klinke langsam herunter und zog die Tür einen Spalt breit auf.

Er blickte hinunter in die Schwärze des Hausinneren. Der Flur lag im Dunkeln, dort wohnte ja auch niemand.

Hatte jemand von der Stiftung noch etwas zu erledigen? Aber mitten in der Nacht?

Beiner hielt den Atem an und lauschte. Jetzt war es wieder totenstill.

Du spinnst, dachte er. Geh schlafen. Morgen früh erwartet die Klasse ein mitreissendes Programm von dir.

Aber seine Hellhörigkeit blieb.

Er huschte zurück zum Fenster. Dort draußen hatte sich etwas verändert. Er konnte nicht gleich sagen, was es war. Aber etwas stimmte nicht mehr. Er fluchte leise, ermahnte sich noch einmal, wieder schlafen zu gehen und starrte mit unguten Gefühlen hinaus. Dann kam ihm eine Ahnung. Es war tatsächlich mehr eine Ahnung, als eine Wahrnehmung. Aber jetzt bewegte sich etwas. In der Schwärze vor dem Haus bewegte sich etwas. Als würden Vögel mit großen Schwingen die Dunkelheit zerteilen und in Wellen fortschieben.

Die Kraniche sind da! Dachte er im ersten Moment. Aber gleichzeitig fiel ihm ein, dass Kraniche nur selten in der Nacht flogen, und überhaupt nur dann, wenn spiegelnde Fließgewässer im Mondlicht die Führung übernahmen.

Beiner schloss die Augen – und riss sie wieder auf.

Verdammt, dachte er, spukt es in *Wolfland*-Schwalm!

Und dann war ihm plötzlich alles klar. Unten bewegte sich jemand in der Nacht vor dem Haus. Jemand, der unerkannt bleiben wollte. Vielleicht waren es auch mehrere. Hörte er nicht Stimmen, ein Flüstern?

Mein Gott, das Haus lag letztlich mitten im Ort!

Sollte er Licht machen und hinausrufen?

Er entschloss sich, hinunterzugehen.

An der Wohnungstür traf ihn zunächst ein kalter Luftzug. War die Eingangstür unten offen? Das ließ sich ja klären. Beiner trat entschlossen in den Flur. Er wollte das Licht anknipsen und suchte nach dem Schalter. Seine tastenden Hände fanden ihn nicht auf der linken Seite der Tür. Also musste er sich auf der anderen Seite befinden.

Als er den Schalter in der Dunkelheit endlich ertastet hatte und schon aufatmete, hörte er das Splittern von Glas. Gleich darauf traf ihn der Lichtschein wie ein Blitzschlag.

Überall war plötzlich Helligkeit. Eine fauchende, gierige Welle von Helligkeit.

Und Hitze.

Und Geruch nach Brand.

Jetzt war Beiner klar, dass im Hausflur ein Feuer aufloderte.

Das Fest der Feuerwehr, dachte er mit grimmiger Ironie, es ist entgleist.

Er stürmte die Treppe hinunter. Eine Flamme leckte mit blaugelber Zunge an der Eingangstür zur Treppe hinauf. Beiner kannte den Anblick solcher Flammen, sie kamen durch auslaufendes Benzin zustande.

„Seid ihr irre!", schrie Beiner. „Seid ihr alle komplett irre!"

Beiner riss an der Haustür. Sie war verschlossen. Aber jetzt nahm er wahr, dass ein Fenster im angrenzenden Raum zur Linken offen stand und Scherben auf dem Fußboden lagen. Er rannte dorthin, sprang durch den zersplitterten Rahmen hinaus und schrie.

„Feuer!", schrie er. „Feuer!!"

Kein menschliches Wesen war zu sehen.

Aber dann fiel sein Blick auf etwas anderes.

Neben dem Gästehaus stand ein mannshohes Gerüst, notdürftig aus Spaten und Harken zusammengesetzt. Oben war eine Figur aus Stroh und Stoff mit einem Gesicht aus bunter Pappe aufgesteckt. Die Figur brannte lichterloh. Das Gesicht kam ihm bekannt vor. Und er erschrak zutiefst, als ihm klar wurde, dass es sein eigener Kopf war. Auch das Hemd, das die Figur notdürftig trug, kam ihm bekannt vor. Er hatte es noch am Morgen vergeblich im Schrank gesucht. Es war sein blauweiß gestreiftes Lieblingshemd ohne Kragen.

In den Häusern nebenan gingen Lichter an. Dann näherten sich tatsächlich Sirenen eines Feuerwehrautos. Beiner wusste nicht gleich, was er tun sollte. Er lehnte sich gegen die Haustür. Dann riss er sich zusammen, sprang durch das zersplitterte Fenster in den Hausflur zurück und sah, dass die Flammen zum Glück auf dem gefliesten Fußboden des Flures nicht ausreichend Nahrung gefunden hatten. Die hölzernen Treppendielen waren allerdings angesengt.

Beiner lief die Treppe empor in seine Wohnung und holte den Ersatzschlüssel. Er schloss von innen auf.

Draußen fuhr in diesem Moment ein Feuerwehrauto vor. Zwei Uniformierte sprangen noch während der Fahrt ab und rannten auf ihn zu.

Beiner rief: „Was bin ich froh, dass ihr hier seid! Ich dachte schon, ihr seid es gewesen, die hier gezündelt habt!"

„Wie kommen Sie denn auf den Quatsch!", rief ein junger Feuerwehrmann, dem der Helm verrutscht auf dem Kopf saß. „Die Freiwillige Feuerwehr löscht! Sie legt doch keine Brände."

„Gebe Gott, dass es dabei bleibt!", sagte Beiner erleichtert.

Einwohner kamen heran, verschlafen und notdürftig in Decken gehüllt oder halb angekleidet. Sie fragten, was denn hier los sei. Beiner hätte sie in ihrer Unschuld und Verwirrung umarmen mögen. Dann fuhr ein Rettungswagen vor.

„Jemand verletzt?“, rief ein Sanitäter und rannte mit seinem Koffer heran.

„Nein!“, sagte Beiner. „Niemand. Jedenfalls nicht äußerlich.“

Rosskopf war plötzlich da. Er sah zerzaust aus. Er blickte Beiner an, stellte aber keine Fragen.

Er wollte offensichtlich die Antworten noch ruhen lassen. Er hatte wohl Angst davor.

II

Noch fünf Tage ...

„Seit Ihrer Ankunft läuft hier alles aus dem Ruder!“, sagte der Mann im Anzug. Und er blickte Beiner an, als hasse er ihn.

„Ich weiß nicht, was Sie meinen“, erwiderte Johannes Beiner. „Ich bin nur hier, um ein paar Vögel anzulocken.“

„Nun spielen Sie nicht den heiligen Franz von Assisi, Mann! Sie wissen genau, worum es geht!“

„Ja, sagte ich ja gerade! Um ein paar Vögel.“

„Jugendliche fangen an, Stunk zu machen, weil Flächen für Zugvögel geschaffen werden, aber nicht für sie. Bauern meutern, weil sie Angst kriegen, enteignet zu werden! Naturschützer fürchten um ihre uneingeschränkte Autorität! Und unseren Einheimischen wird alles zu viel, vor allem das Reinquatschen von Fremden!"

„Dafür kann ich nichts", sagte Beiner aus ehrlicher Überzeugung.

„Doch! Das haben Sie in ein paar Tagen angerichtet!"

„Quatsch mit Soße!", entfuhr es Beiner grob. „Für die Verhältnisse in dieser Region bin ich nicht verantwortlich. Suchen Sie nach den wahren Schuldigen, wenn es denn welche gibt. Sucht gefälligst nicht dauernd nach Ersatzfeinden!"

„Im Moment wissen wir, wer Schuld ist!", sagte der Mann im Anzug und er bewegte sich, wie Beiner fand, sportlich.

„Das lässt sich alles regeln", sagte Beiner.

„Verstehen Sie nicht! Hier in der Schwalm ist alles kontrovers, jede Ackerfurche, jedes Windrad, jede Fläche, jeder Stall! Wir sind auf dem Land, wo alles ganz direkt gesehen wird und besonders krass ausgefochten wird!"

Beiner kratzte sich die plötzlich wie wild juckende Nase. „Ja, aber warum ist das eigentlich so?"

„Die Menschen hier haben gelernt, dass sie selbst handeln müssen, um was zu erreichen. Sie brauchen nicht zu warten, bis von Oben etwas kommt – da kommt nix. Also fechten sie es selbst aus, ohne Staat, ohne Bürokratie, verstehen Sie? Manchmal ein bisschen zu grob. Aber wer was angerichtet hat, der wird zur Verantwortung gezogen, basta!"

„Tut mir leid, ich habe es andersrum gelernt. Die Verhältnisse müssen hinterfragt werden, wenn Ereignisse schief laufen. Es dürfen nicht immer nur Personen verantwortlich gemacht werden. Das führt doch nur zu Kleinkriegen ohne Ende, letztlich zu Mord und Totschlag!"

„Machen Sie langsam, Herr Beiner! Ganz langsam! Sonst geht das hier schief! Sie sind nur der Gast!"

Das Gespräch mit dem Mann von der Versicherung hatte noch im Morgengrauen stattgefunden. Ein Experte. Der Mann war vom Büro für Regionalplanung in Treysa aus dem Bett geklingelt und mit dem Taxi zum Tatort befördert worden. *Schauen Sie mal, wer das alles bezahlt*! Beiner fühlte sich verhört, obwohl er das Opfer des Anschlags war. Offensichtlich hatte er den Versicherungsprofi mit seiner langsamen Tour geärgert. Denn Beiner hatte beschlossen, die Vorfälle zu seiner eigenen Chefsache zu machen. Wenn schon, denn schon, dachte er – wenn der Ort schon alles selbst in die Hand nimmt, dann passe ich mich an.

Und er sah es so: Der Brandanschlag war nicht so heiß, wie er wirkte.

Ein paar Betrunkene! Dumme Jungen! Vielleicht hatte jemand gerade ein paar Zündhölzer zu viel in der Tasche gehabt. Ein bisschen Sachschaden! Die verbrannte Puppe aus Pappe und Leim hatte mit ihm kaum Ähnlichkeit gehabt. Denn so verschrumpelt sah er mit seinen 32 Jahren ja wohl nicht aus!

Beiner stand dennoch mit unguten Gefühlen am Tatort, fror in der kühlen Morgenbrise, ließ sich einen Tee im Pappbecher bringen und sah der Sicherungsarbeit von polizeilicher Spusi und Feuerwehr zu.

„Geringer Kollateralschaden, und Sie müssen für nichts aufkommen!“, rief ihm Rosskopf zu. „Machen Sie sich keine Sorgen!“

„Danke, Rosskopf!“, rief Beiner zurück. „Ich wollte Sie schon anpumpen!“

So war das also hier. Die Region hatte sich offensichtlich verändert. Der Gang der Dinge hatte die Nerven blank gelegt. Alte Instinkte, die geglättet schienen, kamen wieder hoch. Vielleicht sollte man tatsächlich nicht immer auf die Erinnerung setzen, dachte er, sondern manches lieber vergessen.

Aber wie sollte das nun weitergehen?

Er trat näher heran an die Brandstelle. Leicht verwirrt sah er plötzlich, dass jemand in die Asche etwas hineingezeichnet hatte. Eine Art grober Skizze. Mit dem Finger oder einem Stock. Ein unfertiges Dreieck, dessen Spitze in Richtung des Stadtschlosses zeigte. Oder musste man die Zeichnung anders lesen und die offen gebliebene Spitze wies auf das Gästehaus? Er wusste es nicht. Aber er sah, dass in der Mitte der Ritzzeichnung ein Holzpflock gerammt war. Er durchbohrte die Asche und auch einen abgerissenen Zettel wie von einem Einkaufsblock.

Hatten die Spurensucher das übersehen – oder für wertlos gehalten? Oder war die Notiz gerade erst hineingelegt worden? Beiner zögerte, etwas anzufassen, bevor das Tatprotokoll endgültig aufgenommen war. Aber seine Neugier war stärker. Er ging um die Brandstelle herum und versuchte zu lesen, was auf dem Papier stand. Es war teilweise verkohlt, gewellt und rußig. Er blies die Asche weg und kniete sich in den Straßenstaub, rührte aber nichts an. Er entzifferte eine Strichzeichnung, wie Kleinkinder sie von Menschen anfertigen. Ein gekritzeltes Wort stand beinahe unleserlich darunter.

Der Literaturkönig.

Beiner erschrak. Er erhob sich und blickte um sich.

Er sah Menschen, die wie von der Tarantel gestochen vor ihm hin- und herrannten. Alle Einwohner des Ortes schienen inzwischen gleichzeitig versammelt zu sein. Zuschauer standen in der Straße vor dem Gästehaus der Stiftung dicht an dicht. Und sie bewegten sich, als wehten Windböen in die Menge.

Beiner überfiel ein dumpfes Gefühl. Er musste unwillkürlich an ein Bild denken, das er vor Kurzem im Museum gesehen hatte. *Schwälmer Tanz* von einem großen Ölmaler des vergangenen Jahrhunderts. Wogende Paare in Tracht, rotglühende Farben, abwechselnd mit Trauerschwarz, ständige Bewegung zu einer unhörbaren Musik, die nicht aufhörte, sondern immer schneller wurde, ein Reigen rasender Gefühle. Schließlich ein geradezu irrer Kreisel, der erst nach einer Weile abrupt endete. Und danach? Was taten die Menschen, wenn die Lust an Bewegung, Freude und Ausgelassenheit wie ein Rausch an ein Ende kam und wohin dann mit den großen, aufgeheizten Gefühlen?

Freuten sie sich dann, vereint durch gewisse Rituale gemeinsam wieder zur Ruhe zu kommen. Atemlos aber glücklich. Oder begannen sie damit, ihre unruhigen Sehnsüchte auszusenden, um einen zu suchen, der verantwortlich war, wenn alles nicht ausgereicht hatte? Einen, der an irgendetwas Schuld hatte?

Beiner schüttelte das innere Bild ab. Nicht selber durchdrehen, dachte er, das lieber den anderen überlassen. Er musste sich auf seinen Unterricht konzentrieren. Der begann in einer Stunde.

„Wollen Sie wirklich hierbleiben?“, fragte Rosskopf am Telefon. „Nach alldem?“

„Ein paar betrunkene Halbstarke!“, sagte Beiner. „Ich habe beschlossen, das nicht zu hoch zu hängen.“

„Sie müssen es wissen! Aber es wäre unerträglich, wenn Ihnen was passieren würde! – Frau Schleiter-König ist ganz in Panik!“

„Ihre Chefin ist ja ohnehin ein Nervenbündel – um es einmal so auszudrücken. Aber das bleibt unter uns.“

„Überlassen wir erst mal alles der Polizei!“

Beiner stellte sich seiner Klasse. Er hatte Hannah angerufen. Die befahl ihm geradezu, nach Hause zu kommen! Sorge erstickte ihre Stimme. Er sollte keine Sekunde zögern, alles stehen und liegen lassen. Und mein Vertrag? Papier!, sagte Hannah, solche Vorgänge machen jeden Vertrag zunichte. Wer garantiert deine Sicherheit vor Ort! Ich überlege es mir, Hannah, hatte Beiner beschwichtigt. Ich melde mich am Mittag.

Jetzt versuchte er, sich auf den Unterricht zu konzentrieren.

„Ich schlage vor“, sagte er gerade, „wir nutzen das Ganze für unsere Kampagne. Die Konflikte werden uns gewissermaßen frei Haus geliefert – für Schriftsteller die ideale Situation! Aber die Konflikte müssen in der Realität natürlich befriedet werden. Wir müssen den Menschen sagen, dass sie von den Zugvögeln lernen können. Dass sie die Anwesenheit der Zugvögel brauchen, damit alles ins natürliche Lot kommt. Die Region braucht die friedlichen Kraniche. Damit solcher Hass sich nicht ausbreitet.“

„Eine schöne Vision“, meinte Traudi. „Von der Natur lernen!“

„Den Ansatz nehmen wir auf“, ergänzte Klaus-Jürgen. „Kraniche als Friedensstifter. Ich schreibe ein paar Sätze dazu.“

„Wir können das zusammen machen“, schlug Joachim vor und Klaus-Jürgen stimmte mit einem breiten Grinsen zu.

„Und was schreiben wir, Mädels?“, sagte Tanja und blickte Helga und Traudi erwartungsvoll an.

„Wir sollten uns jedenfalls nicht den Kopf von Verantwortlichen machen, von Politikern oder so“, meinte Helga. „Also keine Wahlkampfparolen.“

„Ich stelle mir Folgendes vor“, sagte Traudi. „Eine schöne, kleine Kurzgeschichte. Nach der großen Aufregung müssen wir zeigen, dass Hass keine Chance haben darf. In diesem schönen Land war es immer ruhig. Das darf jetzt nicht zunichte gemacht werden von ein paar besoffenen Spinnern. Wir erzählen eine kleine Geschichte von den Vögeln, die aus fernen Ländern zurückkehren und eine Botschaft von Frieden und Schönheit mitbringen. Das alles auf einer halben Seite."

„Das kopieren wir dann und kleben die Seite überall im Ort an jede Wand."

„Gut", sagte Helga, „fangen wir gleich damit an! Ich schlage vor, dass wir ..."

Sie wurde unterbrochen von einem Hämmern gegen die Klassentür.

„Aufmachen!"

„Ja, Kruzifix!", rief Beiner. „Die Tür ist offen!"

Zwei Uniformierte stürmten in den Klassenraum. Einer deutete mit ausgestreckter Hand, so als hielte er damit eine Dienstwaffe, auf Johannes Beiner.

„Was machen Sie hier!", bellte er.

Die Klasse hob die Hände. Beiner traute seinen Augen nicht. Er bemühte sich, ruhig zu bleiben.

„Wir machen hier Schulunterricht, Sportsfreunde. Schulunterricht! Ist das für euch was Kriminelles!"

„Man sagt uns, hier könnte was ausgebrütet werden", kläffte einer der Beamten. „Irgendeinen ursächlichen Grund muss das Brandgeschehen ja haben!"

„Das Brandgeschehen?", sagte Beiner. „Das Brandgeschehen? Es war ein Anschlag! Und glaubt ihr Jungs, wir hier denken uns so was aus?"

„Erzählen Sie das dem Einsatzleiter!"

Ein Beamter in Zivil, mit korrektem grauen Anzug, einem goldenen Anstecker am Revers und einem Seidentuch in der Brusttasche betrat den Klassenraum. Seine Brille war beschlagen. Er pfiff die beiden forschen Beamten zurück und sagte zu Beiner: „Hier ist ja wohl alles ruhig! – Das hätte aber auch anders sein können! Hier entsteht manchmal aus dem Nichts das pure Chaos! Wie eine Glut, die jemand anbläst. Das hatten wir schon mal, das muss im Ansatz verhindert werden!“

„Sie meinen, wenn man hier einreist, weiß man nie, ob man ins Rotkäppchenland kommt oder nach Wolfland?“

„Was?“, erwiderte der Einsatzleiter verdutzt. „Ja, ganz genau. Sie bringen es auf den Punkt, Mann!“

„Was machen wir nun, Chef!“, wollte einer der Beamten wissen. Seine Stimme klang inzwischen kleinlaut.

„Zugriff beendet! Abmarsch!“, sagte der Einsatzleiter. Und verschwand grußlos zusammen mit seinen Beamten nach draußen.

„So sieht wohl ab jetzt unser normaler Alltag aus“, sagte Johannes Beiner zur Klasse. „Schwälmer Tanz als normaler Bewegungsablauf.“

„Sie meinen das Bild von Bantzer?“, fragte Traudi. „Ich liebe es! Ein so schönes Bild!“

„Ja, durchaus“, erwiderte Beiner. „Aber wenn die Leute beim Herumwirbeln anfangen, sich gegenseitig auf die Füße zu treten, dann gibt es eben Ärger.“

„Hören Sie mal, Herr Beiner“, meinte Joachim. „Können wir jetzt schreiben? Ich hätte Lust dazu.“

Beiner überließ die Klasse sich selbst und ging vor die Tür. Draußen war es weniger hektisch geworden. Die Menschenmenge war inzwischen überschaubar.

Aber die Straße hinunter nach Merzhausen blieb von Autos verstopft. Die meisten trugen auswärtige Kennzeichen. Der Einsatzleiter trat sofort auf ihn zu.

„Wir ermitteln in alle Richtungen. Jeder, der etwas zu sagen hat, wird verhört. Das kann dauern. Denn so verschwiegen und in sich gekehrt die Nordhessen doch sind, wenn es etwas zu beobachten gab, dann sind sie zuverlässig."

„Haben Sie schon Verdächtige?"

Der Einsatzleiter blickte ihn misstrauisch an.

„Was meinen Sie damit!"

„Naja, Tatverdächtige eben! Leute mit Augenklappe, Schmisse auf der Backe – und so ..."

„Wir prüfen alle Details. Im Moment geht es uns darum, den genauen Ablauf des Geschehens zu rekonstruieren. Ich schicke jemanden, der Ihr Protokoll aufnimmt. – Kollege Riebeling!"

Ein junger Beamter mit dunkelblonder Marco-Reus-Frisur kam herangeeilt. Beiner wurde befragt. Der Einsatzleiter wendete sich dem Treiben im Hintergrund zu, tauchte unter den weißroten Bändern der Absperrung durch und durchmaß mit gewichtigem Schritt die nötigen Meter bis zum Hausflur des Gästehauses. Beiner registrierte erst jetzt richtig, wie verbrannt die Haustür tatsächlich aussah.

Er gab alles zu Protokoll, was ihm wahrheitsgemäß einfiel. Leider hatte er ja keinen Täter wirklich zu Gesicht bekommen. Er ging von mehreren Beteiligten aus. Beiner unterließ es, von der Bedrohung durch die fünf Besucher im Gästehaus zu berichten und auch von der Ritzzeichnung an der Brandstelle. Er wusste selbst nicht genau warum. Aber es war ihm ja bereits klar, dass er hier auf dem Land auf eigene Faust tätig werden musste – wie alle anderen auch.

„Das hat alles Konsequenzen!“, schrie der Einsatzleiter gerade. „Das hat alles Konsequenzen!“

Sanitäter fuhren wieder ab. Blaulichter und Sirenen tauchten den Tatort in bunte Farben und Töne. Zwei Polizisten zerstreuten die Menge. Zeugen wurden weiterhin am Rand des Platzes verhört.

Als Beiners Aussage protokolliert war, ging er die Straße hinunter zum Unterrichtsraum, der gleichzeitig ein Ausstellungsraum war. Seine Schüler saßen, scheinbar unbeeindruckt, in den angrenzenden Nebenräumen und schrieben. Sie waren hochkonzentriert, das Geschehen schien sie zu beflügeln – und gleichzeitig schotteten sie sich davon ab durch das Schreiben darüber. Beiner unterdrückte ein aufsteigendes Gefühl von Zufriedenheit – das war natürlich völlig unangebracht. Aber er empfand es dennoch.

Beiner rief Hannah an und hinterließ eine knappe Nachricht auf ihrem Anrufbeantworter. Er wollte sie nicht über Gebühr beunruhigen, wusste aber, dass sie gerade dann hellhörig wurde. Dann suchte er in den Regalen des Ausstellungsraumes nach einer Abbildung des berühmten *Schwälmer Tanzes* von Carl Bantzer. Und er fand einen farbigen Nachdruck, ein Blatt, wohl in Originalgröße. Er legte das Bild vor sich hin und betrachtete es ausgiebig.

So viel Wirbel war selten.

Die Menschen in der Schwalm tanzten und tanzten. Sie schienen über den Rand des Bildes hinaus zu tanzen. Ihr wilder Enthusiasmus akzeptierte keine Beschränkung und keinen Bilderrahmen. Beiner schüttelte es plötzlich. Er war voller Bewunderung für so viel ungezügeltes Leben – aber seine innere Unruhe nahm zu.

Beiner war nicht willens, die Rolle des Opferlamms einzunehmen, das geduldig und zitternd auf den nächsten Angriff des Wolfes wartet. In *Wolfland*-Schwalm, dachte er, muss man sich wehren.

Die Ermittlungsarbeiten der regionalen Behörden hatten bisher kein brauchbares Ergebnis erbracht. Zumindest war darüber bisher nichts veröffentlicht worden. Vielleicht hielt man die Erkenntnisse zurück, niemand hatte eine Info für ihn. Dass der Brandstifter aber aus dem Kreis der Feiernden beim Fest der Freiwilligen Feuerwehren stammen musste, lag nahe. Jemand hatte zu Protokoll gegeben, mitten in der Nacht einen bekannten Burschenschaftler aus dem benachbarten Arnshain in der Nähe des Gästehauses gesehen zu haben. Das konnte natürlich Zufall gewesen sein. Beiner überlegte einmal mehr, inwieweit er selbst in die Ermittlungen eingreifen sollte. Er konnte damit anfangen, dem zuständigen Kreisinspektor der Feuerwehren einen Besuch abzustatten. Dem Chefermittler der Kripo wollte er lieber nicht auf den Leib rücken. Als er hörte, dass am Abend im Dorfgemeinschaftshaus eine Bürgerversammlung zum Geschehen angesetzt war, verschob er erst mal alle Aktivitäten.

Mittags rief Hannah zurück.

„Hannah, was soll ich machen ..."

„Komm nach Hause, Johannes! Bitte, komm nach Hause!"

„Ich denke, ich bin in Sicherheit."

„Verlasse dieses schreckliche Land!"

„Es ist ein schönes Land. Es gibt aber ein paar Verrückte – wie überall."

„Du willst es doch wohl nicht darauf ankommen lassen!"

„Ich bin noch nicht entschieden, ob ich ..."

„Wenn du bleibst, dann musst du auf mich verzichten! Ich komme dich nicht besuchen! Wir sehen uns erst wieder, wenn du nach Hause kommst!"

Hannah, wie sie leibt und lebt, dachte Johannes. Im Moment freute er sich über ihre Stärke und Festigkeit.

„Ich warte auf jeden Fall ab, bis die Wiesen geflutet werden", sagte er. „Also bis morgen. Ich werde mir dieses Schauspiel nicht entgehen lassen. Dann sehen wir weiter."

Bevor Beiner in die Klassenräume hinunterging, schaute er über die Dächer des Ortes. Alles sah wieder friedlich aus. Die Menschenmenge hatte sich zerstreut, jeder ging seiner gewohnten Beschäftigung nach. Nur drei Einsatzwagen parkten noch am Straßenrand gegenüber und das Areal blieb abgesperrt. Vor dem Eingang zu seinem Wohnhaus hatte sich ein uniformierter Posten gestellt. Beiner dachte: Die Menschen hier sind gutmütig und arglos. Es sind Menschen, die noch ihre ureigensten Eigenschaften zu besitzen scheinen und nichts Geborgtes haben. Jeder kann hier sein, wie er eben ist, Platz ist genug da. Sie machen genau das, was ihnen passt und scheren sich nicht um große Vorbilder. Sie wollen das, was alle wollen – ein Auskommen für sich und ihre Familie.

Aber es gibt einige, die haben keine Chance, auf normalem Weg dorthin zu gelangen. Deshalb kürzen sie die Wegstrecke ab und machen mit Gewalt auf sich aufmerksam.

Die wissen, dass sie erst dann wahrgenommen werden, und deshalb sind sie gefährlich.

In der Klasse hatte sich einiges getan. Klaus-Jürgen und Joachim waren vorangekommen. Ihr Text, den sie geschrieben hatten, lautete:

„Eva wusste, dass nur eine schöne Geschichte ihren Adam erfreuen konnte. Aber es fiel ihr nichts ein. Sie saß im Schatten ihres Apfelbaumes, sah über das weite Land und grübelte. Dann fiel ihr aber doch eine kleine Geschichte ein. Und die ging so: ...“

„Wartet, ihr beiden!“, unterbrach Beiner. „Wir sparen uns die Ergebnisse noch auf. Im Moment ging es mir eher um Texte, in denen den Menschen klargemacht wird, wie sehr sie die Zugvögel brauchen!“

„Kommt noch! Wir machen einen kleinen Umweg“, sagte Joachim. „Literatur nähert sich manchmal auf leiseren Pfoten!“

„Wartet trotzdem!“, bat Beiner. „Wir wollen erst hören, was Tanja, Helga und Traudi geschrieben haben.“

Traudi setzte sich in Position und las vor.

„Jeder hier kannte die Geschichte von den Vögeln, die aus fernen Ländern zurückgekehrt waren und eine Botschaft von Frieden und Schönheit mitbrachten. Und wer sie nicht kannte, der wollte sie sofort hören. Aber die Vögel waren nicht da. Leere Wiesen, soweit das Auge schaute. Bis ein ganz besonderer Morgen anbrach. Gleißendes Licht über den Wassern und am Rand der Seen Menschen, Hand in Hand, mit der Sehnsucht nach der Rückkehr der Kraniche. Sie schlossen die Augen. Einige beteten. Und als sie die Augen wieder öffneten …"

„Offenes Ende", kommentierte Tanja.

„Diesem Text kann keiner widerstehn", sagte Beiner. „Den befestigen wir jetzt an jede Hauswand. Nicht nur in Loshausen, auch in Willingshausen und Merzhausen. Wer will, kann es auch in Röllshausen, Salmshausen und Steina tun und in Holzburg."

„Wollt ihr jetzt nicht auch unsere Geschichte hören?", schmollte Klaus-Jürgen.

„Natürlich!"

„Die kleine Geschichte, die Eva einfiel, die ging so", las Klaus-Jürgen. *„Die Welt, die sie vorgefunden hatten, kam Eva perfekt vor. Mit all den Fischen, Rehen und Vögeln. Dann zogen die Vögel fort. Eva wusste nicht, wohin. Seitdem fehlte etwas in ihrem Herzen. Etwas war verschwunden, das nicht ersetzbar war. Als sie mit Adam darüber redete, versprach er, die Vögel zurückzuholen. Denn die Himmel waren so leer! Aber es gelang ihm nicht, denn ihr Schöpfer hatte ihnen das Zauberwort nicht verraten. Beide* *spürten, dass die Vögel etwas Unersetzliches mit sich genommen hatten, das nun fehlte. Es war nicht mehr an seinem Platz. Es fehlt bis heute. An dieser Stelle kam der Schrecken in die Welt.*"

„Das ist es, was wir vor allem in Schrecksbach verteilen", drohte Joachim.

Alle lachten.

„Wobei ja dieser Ortsname nicht von *Schrecken* herkommt, sondern von: *schräg am Bach*", wusste Klaus-Jürgen inzwischen.

„Beide Texte sind sehr gut", bilanzierte Beiner. „Dann kopieren wir sie jetzt und verteilen sie. Ich bin sehr gespannt, wie die Bevölkerung darauf reagiert. Wir brauchen schnellstens mehr *Feedback*."

Die Bürgerversammlung fand am Abend in der vollbesetzten Antreffhalle statt.

Der Landrat und einige Bürgermeister benachbarter Orte waren ebenso erschienen wie der Dekan des Altkreises. Die Einwohner von Willingshausen und Merzhausen stellten die größte Zuhörerschaft. Als Beiner die Halle betrat, winkten ihm einige Anwesende zu, die er nicht kannte, oder klatschten sogar. Beiner, mit zwei Pflastern an den Händen und einem auf der Stirn, fühlte sich unbehaglich, genoss aber die Anteilnahme.

Der Moderator der Veranstaltung war im Landkreis bekannt für seine ausgleichenden Fähigkeiten und unbeirrt neutrale Haltung, ein Profi für Kommunikation durch und durch. Beiner hatte ihn bereits im Frühjahr kennengelernt. Sie begrüßten sich mit Handschlag. Dann verzog sich Beiner an den Rand der Sitzreihen.

„Wir müssen unsere schöne Region wieder befrieden!“, begann der Moderator. „Deshalb freue ich mich, dass alle, aus den unterschiedlichsten Lagern, erschienen sind. Aus dem Bereich der Politik begrüße ich vor allem den Herrn Landrat, aus dem Bereich der Kirchen den Dekan des Altkreises, die aber beide nicht das Wort ergreifen wollen.“

Man blieb noch eine Weile beim Vorgeplänkel. Beiner fühlte sich überraschend wohl inmitten aller ihm fremden Menschen. Ein Politiker aus der benachbarten Bürgermeisterei mit auffallend gut sitzendem Anzug über der stattlichen Figur bat um das Wort und sagte: „Ich hatte einst gehofft, wir hätten in unserer Region vollkommene Menschen. Wenn dies wirklich ein Anschlag war, müssen wir gewaltig umdenken und umkehren!“

Die Leiterin des Tourismusbüros stand auf und sagte trotzig: „Ich habe immer gesagt, in unserer Region müssen wir uns nicht an den Wölfen orientieren, auch wenn wir jetzt im Osten unseres Kreises zwei neue Wolfspaare haben, das führt uns von unserem Weg ab. Wir müssen wieder *Rotkäppchenland*-Schwalm werden! Dafür sollten wir alles tun!“

„Heimat wird uns nicht geschenkt!“, warf ein freundlicher Geologe ein. „Wir müssen sie uns erarbeiten. Ab jetzt müssen wir alles dafür tun, damit die Kraniche wieder hier rasten, denn dass sie es in den letzten Jahrzehnten nicht getan haben, ist ja ein deutliches Zeichen!“

„Allzu deutlich!“

„Zufall!“

„Die Viecher haben hier lediglich nach der letzten Eiszeit gerastet, als das Schmelzwasser das Schwälmer Becken füllte!“

„Du weißt es besser, Hennes! Sie rasteten hier zuletzt vor fünfzig Jahren!“

„Jedenfalls in beiden Fällen führte das zu besseren Böden! Zu den reichen Böden nämlich, die unsere Region danach so reich und berühmt gemacht hat!“

„Lasst die Vögel landen!“, warf ein Redakteur vom örtlichen Tagesanzeiger ein. „Und lasst sie dann am besten hier! Kranichland Schwalm – wie wunderbar!“

„Bitte, bitte!“, rief eine Milchbäuerin, deren Mann gerade gestorben war. „Tut alles dafür, dass die Vögel wiederkehren! Wir sind doch eine große Familie!“

„Wir Bauern brauchen die Zugvögel hier nicht! Unsere Wiesen nutzen wir anders!“

„So, bis hierhin erst mal, die unterschiedlichen Positionen sind klar“, fasste der Moderator zusammen. „Das Kranichprojekt, so will ich es nennen, ist der eine Punkt. Das stellen wir jetzt noch mal zurück, denn aktueller ist natürlich, dass es in der Nacht einen Brandanschlag gegeben hat. Ihr wisst es alle. Das Gästehaus der Literatenkolonie wurde attackiert. Zum Glück blieb der momentan einzige Bewohner des Hauses, unser Gast Herr Johannes Beiner, weitgehend unverletzt. Es hätte aber auch ganz anders ausgehen können.“

Gemurmel. Einige klatschten.

Der Moderator bat den neben ihm sitzenden Leiter der Ermittlungen Herbert Lainer um eine Darstellung. Dieser schilderte den Tathergang in knappen Worten und lobte die Besonnenheit Beiners. Was die Motive des Täters oder der Täter betraf, wollte er sich noch nicht äußern. Ein politisches Motiv des Anschlags schloss er aber schon jetzt kategorisch aus. Man ermittle aber weiterhin in alle Richtungen.

„Fasst den Täter", rief ein Bürger. „Der hat hier nichts zu suchen! Wir regeln unsere Angelegenheiten nicht so!"

„Ein Dummejungenstreich unter Alkohol, nichts weiter!", rief jemand.

„Das sieht nach mehr aus!", merkte ein Zuhörer an.

„Habt ihr schon jemand im Visier?", wollte ein Einwohner wissen.

„Es gibt mehrere Verdächtige", erklärte Einsatzleiter Lainer. „Wir werden vor die Öffentlichkeit treten, wenn sich verwertbare Indizien herauskristallisiert haben. Sie verstehen, wir wollen zum jetzigen Zeitpunkt die Ermittlungen nicht erschweren."

„So schwer kann das doch nicht sein!", rief ein Bauer. „Krawallmacher im Ort kann ich an einer Hand abzählen, die kennen wir alle!"

„Da hast du recht, Karl! Aber vielleicht ist ja hier was ganz anderes im Spiel!"

„Vielleicht kommen die Täter aus Nachbarorten!", warf eine Bäuerin ein. „Tote gab es rundum ja genug in den letzten Jahren."

„Das müssen Sie uns zu Protokoll geben!", sagte der

Einsatzleiter. „Darüber hat bei der bisherigen Befragung niemand etwas ausgesagt.“

„Ich erinnere nur an den unbekannten Toten hinter der Tür in diesem Musiklokal in Schrecksbach!“, winkte die Bäuerin ab. „Schreckliche Geschichte!“

„Und die Hinrichtung aus Eifersucht in Holzburg!“, rief jemand von ganz hinten im schummrigen Raum.

Der Leiter der Ermittlungen nickte beruhigend. Er versprach für sein Team vollen Einsatz und baldige Resultate. Ungewöhnlich erschöpft lehnte er sich in seinem Stuhl zurück, auf seiner Stirn standen Schweißperlen.

Familiendramen, dachte Beiner, wie sie überall vorkommen. Oder ist da doch mehr im Busch?

Der Redakteur des Tagesanzeigers war mit der Darstellung noch nicht ganz zufrieden. Er sagte: „Es ist sicher kein Zufall, dass der Anschlag dem Gästehaus der Literatur-Stiftung und ganz persönlich Herrn Beiner galt, also dem Mann, der für das Projekt Kranichland-Schwalm arbeitet. Wie können Sie ausschließen, dass politische Absichten im Spiel sind!“

„Kein Kommentar“, sagte der Leiter der Ermittlungen.

„Und wann gibt es dann einen Kommentar?“, wollte eine junge Frau mit ärgerlicher Stimme wissen.

„Wenn wir belastbare Ergebnisse haben. Was wir überhaupt nicht brauchen sind vorschnelle Urteile! Und übrigens ganz ausdrücklich auch keine Privatermittlungen!“

Danach leitete der Moderator wieder zu dem Thema über, das wohl die allermeisten Anwesenden mehr interessierte als der Brandanschlag – obgleich einige Anwesende sich dazu noch meldeten.

„Morgenabend werden die Wiesen *In den Erlen von Loshausen* geflutet. Und in ein paar Tagen, es gibt natürlich keinen konkreten, sondern nur einen ungefähren Termin, sollen die Zugvögel hier landen und bis zu drei Wochen lang rasten. Dazu haben wir einen Experten eingeladen. Herr Riebeling ist Ornithologe. Bitte sehr!"

Der Ornithologe saß schon neben dem Moderator. Ein hagerer, beinahe entschuldigend lächelnder Mann in mittleren Jahren.

„Die Schwalm", begann er, „gehört traditionell zu den Gebieten, die die Kraniche der Westroute auf dem Flug von ihren Brutgebieten in Skandinavien zu ihren Überwinterungsgebieten in Afrika oder Südspanien überfliegen – und auf dem Weg zurück. Wir kennen das alle – wie spektakulär vor allem der Herbstzug im Oktober und November ist, wenn die Vögel zu Tausenden mit lautem Trompeten über unser Gebiet fliegen. Der Frühjahrszug erfolgt gestraffter und ist deshalb weniger auffällig."

„Auffällig genug!", rief einer dazwischen. „Und laut! Sie fliegen so dicht über unser Haus in Niedergrenzebach hinweg, dass ich ihre Gesichter erkenne!"

„Dann gib ihnen Namen!", scherzte ein Bauer.

„Je nach Wetterlage", fuhr der Ornithologe unbeirrt fort, „rasten auch immer wieder einzelne Gruppen von Kranichen in den Schwalmwiesen, besonders bei Loshausen. Das wollen wir jetzt für unser Projekt nutzen.

Was die Überwinterung betrifft, vollzieht sich seit einiger Zeit eine deutliche Veränderung hin zu einer Verkürzung der Überwinterungszeit und auch zu einer Verkürzung der Zugstrecken. Es überwintern kaum noch Kraniche in Afrika. Neben dem Hauptüberwinterungsgebiet in der spanischen Extremadura gewinnt vor allem die französische Champagne immer mehr Anziehungskraft für die Vögel."

„Na also", warf eine Zuhörerin ein, „es reicht doch, wenn einige Vögel hier rasten! Warum muss man gleich 10.000 herholen!"

„Es wird Sie nicht beruhigen", erwiderte der Ornithologe, „aber es werden noch mehr Zugvögel. Ja, der Kranichbestand nimmt zu, sicher auch bedingt durch den Klimawandel."

„Nein, das ist tatsächlich keine erfreuliche Nachricht", erwiderte die Zuhörerin.

„Und wenn wir schon beim Klimawandel sind", setzte der Ornithologe nach, „immer mehr Kraniche werden in den milder werdenden Wintern schon in Deutschland überwintern. Wenn doch mal die Nahrungsflächen zuschneien, treten die Vögel eine *Winterflucht* an und weichen bis dahin aus, wo sie wieder Fressen finden. Sie könnten bei uns in Zukunft also auch länger bleiben."

„Katastrophe!", rief die Zuhörerin.

„Es sei denn, man liebt diese Vögel", warf der Ornithologe ein.

„Es sind Vögel der Sehnsucht, durch das immer wiederkehrende Schauspiel ihres Zuges", warf eine junge

Frau dazwischen. „Wie kann man diese Tiere nicht lieben! Ich bin jedes Mal entzückt bei ihrem Anblick, und ich höre ihnen zu!"

„Der Anblick am Himmel ist klasse", rief ein Mann, „aber ich will sie nicht vor meiner Haustür haben!"

„Dann haben wir doch schon", nahm der Moderator das Heft in die Hand, „einige Stichpunkte, über die pro oder kontra gesprochen werden kann. – Wer möchte etwas sagen?"

„Ich will was sagen!"

Ein kräftiger Mann im karierten Hemd hatte sich erhoben. Er stand wie ein Fels im Raum und verhakte beide Daumen hinter den Hosenträgern.

„Kraniche rasteten in der Region vor langer Zeit. Aber das war keine gute Zeit. Es war eine schlimme Zeit. Wir wissen alle, wovon ich rede. Niemand will in diese Zeit zurück oder auch nur an sie erinnert werden. Wir leben in der Gegenwart, nicht in der Vergangenheit. Und wir wollen hier auch keine Erinnerungen ."

„Er hat recht", rief einer. „Kraniche sind nicht nur für die Harmonie, wie die Naturheinis behaupten. Mit ihnen kommt etwas zurück, was sehr ungut ist. Wir wollen das hier nicht. Es macht vielen Angst!"

„Aber was denn? Was kommt zurück? Was meinst du denn?"

„Ihr wisst alle, was ich meine!"

Einen Moment lang war es in der Halle totenstill. Dann kehrte wie eine Druckwelle der Lärm zurück. Viele meldeten sich zugleich zu Wort. Sie wollten etwas loswerden.

Der Moderator hatte Mühe, die Situation zu ordnen.

„Nicht durcheinander reden! Nicht alle durcheinander reden! Meldet euch doch einfach! Wir legen eine Reihenfolge fest. Jeder kommt dran!“

Der Mann im karierten Hemd stand immer noch aufrecht da. Jetzt hob er beide Arme und senkte sie mit den Handflächen nach unten, als könne er dadurch den Lärmpegel herunterdimmen.

„Ich will noch was sagen! – Ich will noch was sagen!“

„Ruhe! – Heinrich ist dran! – Lasst doch den Heinrich ausreden, bevor er wieder zu zittern anfängt, der arme Kerl!“

Im Gesicht des angesprochenen Bauern begann ein Zucken, dann sagte er aber mit ruhiger Stimme: „Die Vögel können nichts dafür. Aber als sie hier Dauergäste waren, da geschahen in der Region Dinge, die niemals wiederkommen dürfen! Mit aller Macht will ich das verhindern! Und wer das mit dieser Gewalt, die jetzt aufgewendet wird, damit die Viecher hier rasten, durchsetzen will, der ... der ...“

Er brach ab und blickte in Beiners Richtung. Beiner hielt seinem Blick stand. Ein seltsamer Kerl, dachte Beiner, er beschloss, jetzt einzugreifen.

„Leute!“, sagte Beiner, als er aufgestanden war. „Versucht doch bitte mal, kontroverse Themen ohne Drohungen zu besprechen! Das muss doch möglich sein! Wir müssen doch in der Lage sein, unterschiedliche Meinungen zu haben, ohne uns deshalb an die Gurgel zu gehen! Sonst wird das hier ein Krimi ...“

„... der Herr Oberlehrer aus dem schönen Offenbach!“

„Was die Kraniche betrifft“, fuhr Beiner fort, „so gibt es ganz sicher Argumente dafür und auch dagegen. Lasst sie uns austauschen! Ich bin gespannt darauf zu hören, was – außer dem, was der Kollege da eben sagte – für ernsthafte Gründe gegen die Vögel sprechen.“

„Ein ganz Schlauer!“, sagte der Mann, der offenbar auf Einwürfe spezialisiert war und einige lachten. „Dass er aber s o schlau ist, das hätte ich nicht gedacht.“

Beiner und der Einheimische im karierten Hemd waren die einzigen, die jetzt noch standen. Alle Anwesenden schauten auf sie und warteten den Zweikampf ab.

„Wenn es überzeugende Gründe dafür gibt, die Kraniche hier nicht landen zu lassen, dann wird es eben so sein! Das müsst ihr hier in der Region aber mit anderen Entscheidungsträgern ausmachen – nicht mit mir. Ich habe hier gar nichts zu sagen!“

„Weshalb bist du dann hier!“, rief ein blonder Jungbauer.

„Ich und meine Klasse versuchen, euch für erzählende Literatur zu begeistern“, erklärte Beiner.

Der Mann im karierten Hemd sagte: „Genau! Dann kommt ihr also hier mit dieser Literaturnummer! Sollen wir jetzt alle dicke Bücher lesen oder was!“

„Keine dicken Bücher“, sagte Beiner, der diesen Einwand ja schon einmal gehört hatte. „Keine Bildung anhäufen. Kein Goethe mit Goldrand im Spind. Darum geht es mir nicht. Sondern: Gedanken zulassen und Gefühle für wert finden. Vor allem solche, die in ganzen Sätzen ausgedrückt werden können! Sätze, die im Tagesgeschäft nicht gleich zerquetscht werden und untergehen. Nein! Sätze, die Menschen erreichen!“

„Ich bin kein Literat, ich bin Landwirt“, sagte der Bauer und verhakte wieder die Daumen hinter seinen Hosenträgern. „Ich brauche klare Regeln, Literatur ist mir zu schwammig.“

„Besser hätte ich es nicht ausdrücken können“, lachte jemand.

„Was ich gehört habe ist“, fuhr der Bauer fort, „dass Sie irgendeine Art von freiem Denken erzeugen wollen. Was soll das sein? Damit wollen Sie Kraniche anlocken?“

Einige lachten betont laut. Beiner erkannte in einem von ihnen den tätowierten Mann aus der Fünfergruppe, die ihn belästigt hatte. Der duckte sich jetzt unter Beiners Blick.

Beiner sagte ruhig: „Den Kranichen ist Literatur egal.“

„Uns auch“, rief jemand.

„Mir ist Literatur aber nicht egal“, sagte Beiner. „Jedenfalls nicht die Literatur, die ich meine.“

„Ja, was meinst du denn, Sportsfreund!“

„Es geht mir nicht darum, irgendwas aus der Literaturgeschichte zu predigen, es geht nicht darum, dass jeder Balladen von Goethe oder Uhland auswendig lernt, sondern mit Hilfe der Literatur, zu einer eigenen Wahrnehmung zu kommen. Sich von Sinn und von Schönheit leiten zu lassen, statt von bloßem Zweckdenken. Selbständiges Denken und Handeln, anstatt mitzulaufen, sich anzupassen und zu verstecken!“

„Ach, Meister“, rief jemand, „Sie wollen uns also belehren! Sie wollen uns aus der Bequemlichkeit herausreißen und mit Ihren Vorstellungen füttern! Das ist ja toll! Wenn es Sie nicht gäbe, man müsste Sie glatt erfinden!“

Beiner spürte, dass die Diskussion in eine falsche Richtung lief. Er hätte einwenden wollen, dass es ihm um den Wert freier Gedanken ging, dass es ihm darum ging, viele Möglichkeiten zuzulassen, bevor man urteilte. Dass die zweckfreie, die nicht sofort verwertbare Sprache etwas Kostbares war, ein Geschenk für jeden. Sprache ist Menschsein, dachte er. Er blickte den Moderator an. Der nickte ihm aufmunternd zu.

„In erster Linie“, sagte Beiner, „möchte ich in meinem Unterricht mit einer tollen Klasse erreichen, dass die Poesie als Lebensmittel angesehen wird. Verstehen Sie! Poesie darf gegessen, gekaut, geschluckt werden! Niemand kommt ohne sie aus. Auch Sie alle hier nicht – ob Sie es glauben, oder nicht.“

„Ich bin bisher ohne Bücher ausgekommen, und ich bin immerhin 64 Jahre alt geworden. Oben fit und unten dicht, sagt man bei uns. Ich fange bestimmt jetzt nicht an, Bücher zu lesen.“

Beiner nickte stumm.

„Wir hier in der Region brauchen keine Bücher!“, stimmte jemand dem Vorredner zu. „Wir reden miteinander, wir hören uns zu, wir erzählen sehr viel. Das reicht. Alles, was wir an Infos brauchen, teilen wir uns persönlich mit. Bücher sind überflüssig."

„Genau!"

„Das ist doch Blödsinn!", rief jemand. „Klar wird erzählt und wiedererzählt, wenn man was erlebt hat, aber dann ist es auch für alle Zeit festgelegt. Egal ob es so war oder nicht, das geht dann als Vorurteil durch. Und dann wird's kriminell – dann wird der andere für dumm oder bösartig erklärt, der es anders versteht. Und es geht dann nicht mehr um richtig oder falsch, sondern darum, wer das Recht hat, seine Version zu erzählen."

Präzise, dachte Beiner. Deshalb braucht man die Bücher, die von der Wahrheit berichten, unabhängig von der Interessenlage.

„Wir machen jedenfalls das Maul auf!", sagte einer.

„Und die Besserwisser können uns mal!"

Beiner begriff, dass man ihn nicht verstand. Der Abstand zwischen ihm und den anderen war so verdammt groß! Er gab sich selbst die Schuld und setzte sich wieder. Im Moment fehlten ihm einfach die überzeugenden Worte.

Der Landrat erhob sich.

„Liebe Mitbürgerinnen und Mitbürger, jetzt will ich doch etwas sagen! Bleiben wir doch sachlich! Der Herr Beiner macht ja nur Vorschläge, er gibt seine Meinung wieder. Jeder darf seine Meinung äußern. Ich finde es sehr bereichernd, dass in unserer schönen Region solche Diskussionen geführt werden. Im Vogelsberg tut man das nicht."

Wieder lachten viele. Der Landrat setzte sich wieder.

„Wir müssten wissen, wie das mit den Vögeln gehen soll“, rief eine Frau. „Welche Einschränkungen bringt uns das!“

„Ja, genau! Denn es hat doch keiner was dagegen, wenn er weiß, er trägt keinen Schaden davon!“

Rosskopf stand plötzlich auf. Beiner hatte ihn bis jetzt überhaupt nicht wahrgenommen. Das lag wohl an seiner Sitzposition hinter einer außergewöhnlich dicken Frau.

„Wir werden Morgenabend einen Teil der Wiesen bei Loshausen fluten“, sagte er. „Ihr kennt das Areal alle. Dort wird also ein flacher See entstehen, kaum zehn Zentimeter tief, auf dem die Zugvögel rasten und übernachten können, ohne sich vor Fressfeinden oder Menschen fürchten zu müssen. Die Rastplätze werden – und das ist doch ein Vorteil – auf diesen Bereich beschränkt sein. Niemand erleidet einen Nachteil dadurch. Nach spätestens drei Wochen sind sie wieder weg. Und die Wasserfläche versickert allmählich – bis zur nächsten Flutung im Frühjahr. Zurück bleiben nährstoffreiche Schwebstoffe als Dünger, wie einst bei den Wässerungswiesen das Grünland. Das ist alles.“

„Das ist eben nicht alles!“, sagte der immer noch stehende Bauer im karierten Hemd. „Wir haben es doch eben gehört, die Zugvögel könnten ihr Verhalten verändern! – Und außerdem, wenn es nur um Ausgleich der Wassermengen ginge, wäre alles in Ordnung – das sehen wir ja am großen Staubecken bei Heidelbach. Aber ich sagte es ja schon, damit ist es nicht getan ...“

„Genau!“, unterbrach ihn ein junger Bauer. „Die Vögel fressen nicht nur, sie hinterlassen ihren Dreck. Und wenn Touristen kommen, die das Spektakel ansehen wollen, und die werden kommen, dann hinterlassen die auch ihren Dreck. Und außerdem fressen die Viecher uns im Frühjahr und Herbst die Aussaat weg!“

„Wir werden Nebenfressplätze anlegen, die sie ablenken!“, rief ein anderer junger Bauer.

Der unterbrochene Bauer im karierten Hemd zog das Wort wieder an sich. „Das stimmt alles“, sagte er, „aber vor allem ist es doch so: Mit den Kranichen kommt etwas zurück, das wir hier nicht mehr haben wollen.“

„Ja, jetzt drück dich doch mal genauer aus, Heinrich!“

„Ein Stück unguter Vergangenheit kommt zurück! Jetzt frag doch nicht so blöd! Jeder von uns weiß doch, was ich meine!“

„Hat das was mit diesem ominösen Greifenhain zu tun, von dem ich hier immer wieder höre?“, wollte Beiner wissen.

„Weiß ich doch nicht! Herrgott noch mal!“, sagte der Bauer mit bebender Stimme. Er hatte jetzt rote Flecken im Gesicht.

„Ein bisschen Entgegenkommen wäre schon hilfreich“, sagte Beiner. Er wollte sein Gegenüber aber nicht quälen, dieser machte trotz seiner massigen Gestalt einen labilen Eindruck auf ihn. Irgendetwas peinigte ihn offenbar.

„Schau doch selber nach!“, sagte der Mann mit mühsam gefasster Stimme. „Aber aufpassen! Beim Blick in die Vergangenheit kann einem schnell schwarz vor Augen werden!“

Beiner hatte für den Augenblick genug gehört – und doch blieben so viele Fragen offen!

Noch vier Tage ...

Johannes Beiner hatte den Ermittlern gegenüber noch immer nichts von der Belästigung durch die fünf Einwohner verlauten lassen. Jetzt wollte er den Hof aufsuchen, auf dem er einen von ihnen wiedererkannt hatte. Der Landkrimi nimmt Fahrt auf, sagte er in einem Anflug von Ironie zu sich selbst. Es war nicht einmal Misstrauen in die Aufklärungsfähigkeiten der Behörden, er wollte eher das Gefühl haben, nicht auf die passive Opferrolle beschränkt zu sein. Er wollte dem Mann, der vielleicht ein Täter war, direkt gegenübertreten. Er hatte ihn schon am Ende der Bürgerversammlung abpassen wollen, aber der andere verschwand schnell in der Menge.

Am nächsten Morgen brach Beiner noch vor Beginn des Unterrichts auf. Die Zeit lief ihm davon. Ihn beschlich das Gefühl, die Einheimischen nicht zu erreichen. Sie brauchten ihn nicht. Rosskopf hatte auch eine Bemerkung in diese Richtung gemacht. Wenn seine literarischen Absichten überhaupt einen Sinn machen sollten, war mehr Einfühlung und Verständnis hilfreich. Warum hatten die Einwohner Angst vor der Vergangenheit!

Der Hof am Ortsrand, den Beiner schon kannte, lag ruhig im Morgenlicht. Beiner näherte sich zu Fuß. Nichts rührte sich. Im Gegensatz zu seinem ersten Besuch lag das stattliche Anwesen wie ausgestorben. Irgendetwas sagte Beiner, dass es dort einen Makel gab. Das war nicht greifbar. Aber Beiner hatte das instinktiv schon beim ersten Besuch gespürt. Etwas unsichtbar Bleibendes, etwas Irritierendes! Etwas Verwildertes ...

„Hallo!", rief Beiner. „Hallo, ist hier jemand?"

Eine Klingel gab es nicht. Beiner trat ein paar Schritte zurück und blickte an der Fassade des einstöckigen Hauses empor. Hinter keinem Fenster sah er einen Menschen, keine Gardine wurde zur Seite geschoben, kein plötzliches Gesicht wie ein fremder Schatten. Er umrundete das Haus, warf einen Blick in den Innenhof mit Nebengebäuden, hörte keine Tierstimmen. Viehhaltung stand hier nicht auf dem Programm. Dann sah er an der Rückfront die verkohlten Balken. Ein Brandschaden! Seltsam, dachte Beiner, ausgerechnet hier!

Er trat näher, sah sich die Brandstelle an. Die Ursache konnte noch nicht allzu lange zurückliegen. Er nahm noch einen schwachen Brandgeruch wahr.

Er lauschte. Selten hatte er ein derart abweisendes Haus gesehen. Alles an diesem Anwesen sagte: Bleib fern!

Natürlich gab es andere Anwesen in der Region, die auch verlassen waren. Überall standen Gerätschaften herum, einige waren verrostet, Stricke hingen an

Haken oder Winden von den Dächern der Nebengebäude herab. Ein Überdach aus Plexiglas lag schief auf seinen Stützen aus Leichtmetall, ein Hackklotz war umgestürzt, das Beil lag auf dem Kopfsteinpflaster. Das Wohnhaus aus Stein dagegen besaß hübsche Ornamente aus grünem Klinker. Blumenkübel mit allerdings abgeblühten Sonnenblumen standen auf den abgetretenen Stufen der Freitreppe, unter der ein doppelflügeliger Kellereingang geöffnet war.

„Hallo? Jemand zuhause?!"

Beiner ging durch den Kopf, in welcher Lage er überhaupt war. Gab es für ihn eine akute Bedrohung? Und – durfte er hier herumschnüffeln?

„Hallo!", rief er immer wieder. „Hallo!"

Es rührte sich nichts.

Er zog sein Handy und rief den Leiter der Ermittlungen in der Kreisstadt an. Dieser hatte ihm am Morgen nach dem Anschlag seine Nummer zugesteckt.

„Lainer! Büro des Staatsanwaltes."

„Hallo! Johannes Beiner hier! Wir haben uns gestern Abend gesehen. Ich wüsste gern, ob es etwas Neues gibt!"

Beiner spürte das Zögern auf der anderen Seite.

„Lieber Herr Beiner, Sie müssen sich schon gedulden! Ich sagte ja bereits, wir sind an allem dran!"

„Ich hatte Ihnen noch nicht gesagt, dass ich vor dem Brandanschlag Besuch von ein paar Männern bekam. Das war recht bedrohlich. Ich stehe gerade vor dem Haus eines dieser Männer!"

„Sie ermitteln doch wohl nicht auf eigene Faust!"

„Ich besuche nur diesen einen Zeitgenossen. Denn ich wüsste allzu gern ...“

„Herr Beiner! Das lassen Sie! Mischen Sie sich nicht ein! Das ist nicht ganz ungefährlich, glauben Sie mir!“

„Was tun Sie denn gegen Störer, die beispielsweise morgen Abend das Fluten der Wiesen bei Loshausen torpedieren könnten? Oder die am Tag der Ankunft der Zugvögel rabiate Aktionen planen könnten! Ich könnte mir durchaus einen Anschlag vorstellen. Gibt es da vorbeugende Maßnahmen?“

Stille.

Dann sagte der Ermittler betont ruhig: „Überlassen Sie das uns! Verstehen Sie mich? Verschwinden Sie sofort von den Orten, die wir im Zug unserer Ermittlungen im Visier haben! Kommen Sie uns bloß nicht in die Quere!“

„Jawohl, Herr Präsident!“, sagte Beiner. „Aber Sie haben meine Frage nicht beantwortet.“

„Wir sind gewappnet“, sagte Lainer, „alles andere geht Sie nichts an. Und nun gehen Sie nach Hause! Ihr Tun könnte sonst strafrechtliche Konsequenzen haben!“

Beiner beendete das Gespräch, steckte das Handy in die Hosentasche und umrundete noch einmal die Hinterfront des Hauses mit den Brandstellen.

Und dann sah er es.

Es wirkte im ersten Moment auf ihn, als sei hier für den Anschlag in Willingshausen geprobt worden. Sozusagen die Generalprobe.

In der Asche der Brandstelle war ein Dreieck eingezeichnet, wie er es auch zu Füßen der verbrannten Strohattrappe vor seinem Haus gesehen hatte. Die Spitze des Dreiecks zeigte in die Richtung des Betrachters – in seine Richtung. Im ersten Impuls wollte Beiner sofort noch einmal den Ermittlungsleiter anrufen, das war ein allzu deutliches Tatindiz. Er ließ es aber. Er hätte noch einmal rechtfertigen müssen, wieso er am abgesperrten Tatort herumgeschnüffelt hatte. Womöglich würden die Ermittlungsbehörden ihn aus dem Verkehr ziehen.

Sollte er in das Haus eindringen? Wohnten die Männer, die er bei seinem ersten Besuch angetroffen hatte, überhaupt hier?

Er zückte noch einmal sein Handy und rief Rosskopf an. Auch dieser riet ihm, den Ort zu verlassen.

„Das sind ungute Leute! Idioten!“

„Erzählen Sie mal!“

„Kommen Sie zur Mühle“, schlug Rosskopf vor, „ich erzähle es Ihnen. Wir können auch noch mal über Gesternabend reden.“

Sie verabredeten sich in einer halben Stunde. Beiner rief seinen Schüler Klaus-Jürgen an und schlug vor, dass die Klasse allein mit dem Unterricht anfangen sollte, er würde später dazukommen. Als Beiner ging, entdeckte er an einem Baum unweit der Brandstelle den Text, den seine Schüler hiergelassen hatten. Er war mit Rotstift in eine Schießscheibe verwandelt worden. Im gleichen Moment ging im Dachgeschoss ein kleines Klappfenster auf.

„Hallo!“, rief Beiner. „Wer ist denn da!“

Keine Reaktion ist auch eine, dachte Beiner.

Scheißort!

Dann verließ er das Grundstück.

Rosskopf empfing ihn mit heißem Rooibostee und Honig. „Es ist schon frisch draußen“, erklärte er.

Von nebenan grüßte seine Frau, die gerade einen Traktor bestieg und davonbrauste.

„Kommen Sie rein, Johannes! Sie erkunden die Gegend, was?“

„Ja, erzählen sie mal, Rosskopf! Was ist los mit diesem Haus!“

„Ich komme ja nun aus Duisburg und wir wohnen hier noch nicht allzu lange. Aber ich kenne die Story des Mannes, der in dem Haus lebte, das Sie meinen. Es hat mich interessiert. Er ist aber schon lange weg – tot. Das Haus stand lange leer. Die neuen Mieter wohnen erst seit ein paar Jahren da.“

„Und was sind das für Leute?“

„Gelegenheitsarbeiter. Fahren auch herum mit einem LKW und sammeln Wertstoffe – vielleicht haben Sie schon die Musik gehört, die sie dann abspielen.“

„Ja, richtig. Gestern hörte ich, sie seien durch Holzburg gefahren mit einem alten Öltank auf der Ladefläche, der undicht war. Die Ölspur war die ganze Hauptstraße entlang zu sehen und musste mit Streusand und Lösungsmitteln aufwändig beseitigt werden.“

„Ja, die sind nachlässig."
„Die Männer haben mich aufgesucht und belästigt."
„Nein, nicht die, das glaube ich nicht, die sind völlig harmlos! Die sind froh, wenn sie keiner verprügelt."
„Einer oder zwei sind aber identisch, jedenfalls glaube ich das."
„Haben Sie das der Polizei erzählt?"
„Gerade erst vor einer Stunde."
„Warum nicht früher?"
„Keine Lust. – Übrigens: Haben die politische Motive?"
„Ich weiß nur, was man im Ort sagt. Der Brandanschlag jedenfalls stammt nicht von diesen Leuten, da leg ich mich fest. Das ist eher etwas Spontanes, Gehässiges und Kleinkariertes, etwas – Besoffenes."
„Naja, ich möchte Ihnen nur zu sehr glauben, Rosskopf ..."
„Andrerseits kennt man das ja. Brandanschläge und das Verbrennen von personifizierbaren Puppen sind auf dem Land immer schon ein beliebtes Mittel gewesen um missliebige Personen einzuschüchtern."
„Was raten Sie mir also, Rosskopf?"
„Ich würde das komplett den Ermittlungsbehörden überlassen! Zumal ja aus jeder Art von privater Aufklärung Straftatbestände entstehen könnten. Lassen Sie die Finger davon!"
„Mal sehen ..."
„Nein. Nicht mal sehen! Ich habe hier schon mal erlebt, wie das Dorf Ermittlungsbehörde gespielt hat. Manche auf dem Land glauben, sie dürften den Poli-

zeiapparat ersetzen. *Landkrimi*, verstehen Sie? Der Fall wird ohne Bürokratie, Ermittlungsbrimborium und professionellem Personal bearbeitet – kein Kommissar, sondern der Kollege vom Nachbarhof, verstehen Sie? Und am Ende wird der Täter, wenn alles schief läuft, ohne Polizei dingfest gemacht und sogar bestraft! So stellt es sich hier mancher vor. Solche Landkrimis gehen aber in die Hosen!"

„Ich erinnere mich, neulich im Gasthaus von Merzhausen etwas Ähnliches gehört zu haben. Da sagte einer: Wir erledigen das hier auf unsere Art!"

„Das drückt deren Sichtweise aus. Ich sage noch einmal: Landkrimi!"

„Aber zurück zu dem Einwohner, der früher in diesem seltsamen Haus wohnte. Was war das für ein Mann?"

„Das war einer, den niemand hier im Ort vergessen kann. Eine nicht besonders erfreuliche Geschichte. Es blieb eine Art Wunde, die nicht vernarben will."

„War das zur Zeit der Kraniche?"

„Ja ..."

„Nun erzählen Sie schon! Sie wissen doch, ich stehe auf Erzähltes!"

„Es war einmal vor langer Zeit, als das Wünschen noch geholfen hat", begann Rosskopf.

Er blickte den erstaunten Beiner an und lachte dann.

„Nein, falscher Anfang! Das sind Grimmsche Märchen. Der richtige Anfang geht so: Eines Nachts im Herbst zog der fragliche Mann hierher, in das fragliche Haus. Seine Nachbarn hielten ihn vom ersten Moment an für besessen, für einen heimlichen Berserker, der in den Nächten zuschlug. Dafür besaßen sie keine Beweise, außer seinem Anblick ..."

„Wie sah er denn aus?", warf Beiner ein. „Eine Art Nosferatu?"

„Sein Gesicht sah aus wie eine einzige Wunde, die ihm sein Körper geschlagen hatte ..."

„Meine Güte!"

Rosskop fuhr fort. „Konnte es anders sein, als dass dieses Aussehen seine inneren Kämpfe und seelischen Alpträume sichtbar machte? So dachten die Anwohner jedenfalls. Und so hätte ich wohl auch gedacht. Rumorten in seinem Inneren nicht Gefangene, fremde Wesen, die nach dem Ausgang suchten?"

„Wie plastisch! – Sie sind ein Dichter, Rosskopf!"

„Ich erzähle nur, was überliefert wird. Alles an ihm wirkte jedenfalls maßlos. So ausgestattet, konnte er nicht unbehelligt bleiben."

„Das wäre in der Stadt nicht anders gewesen", sagte Beiner. „Obwohl ich ja nicht weiß, wie er tatsächlich ausgesehen hat!"

„Stellen Sie sich eine Art Klaus Kinski vor, wenn er gerade herumschreit", sagte Rosskopf. „Es war aber nicht nur sein Aussehen allein. Man behauptete jedenfalls schnell, er sei ein Rasender, den man wegsperren musste, aber er stand jeden Tag sinnierend zwischen den Blumenrabatten an seinem Gartenzaun. Unbeweglich versunken. Niemand wusste, wohin er blickte, was er wahrnahm."

„Ich kann mir vorstellen, wie sehr das irritiert",

nickte Beiner. „Sie erzählen das prima, Rosskopf! Machen Sie weiter!“

„Na also, wer seine stürmisch aufgewühlte Gesichtslandschaft in einer mondbeschienenen Nacht erblickt hatte, etwa auf dem Nachhauseweg aus der Schenke oder dem Dorfgemeinschaftshaus, seinen zitternden Mund ,wenn die Sprache wie ein Gewitter aus ihm herausbrach, seine aufgerissenen Augen – der wollte nicht mehr, dass er in seiner Nähe war.“

„Aber er hatte doch hier die gleichen Wohn- und Besitzrechte wie andere Landbewohner – nehme ich an?“

„Ja, natürlich. Aber er war eben ein Fremder!“

„Verstehe!“

„Jedenfalls, der Unhold – wie er bald hieß – ließ sich nicht abschütteln. Im Gegenteil, er kaufte ein Nachbargrundstück nach dem anderen dazu, in unserer Region flüchteten damals ja die Menschen in die Städte. Man kann beinahe sagen, er wurde *zu dem* Bewohner unseres Dorfes. Jemand stellte in purer Verzweiflung den Antrag im Bürgermeisteramt, dem Ort seinen Namen zu geben. Das würde klare Verhältnisse schaffen. Der Antrag wurde natürlich abgelehnt. Das war auch völlig übertrieben, ehrlich gesagt. Er selbst äußerte sich dazu nicht. Er lebte zurückgezogen mit seinen Hunden. Nachts drang befremdliche Musik aus seinem Haus, die hier niemand mochte ...“

Rosskopf holte Luft, er schnäuzte in sein Stofftaschentuch. Beiner trank seinen Tee aus und ließ sich nachschenken. Draußen kam Rosskopfs Frau mit dem

Traktor zurück und rangierte ihn in ein hohes Nebengebäude. Er erzählte weiter.

„Das Dorf verschwand allmählich, je weiter er sich ausbreitete. In seiner Nachbarschaft hielten die Eltern meiner Frau stand. Von denen haben wir diese Story – ich war ja nicht dabei. Sie ließen ihn nicht aus den Augen. Sie bewältigten wohl allmählich die Erschütterung, die von ihm ausging. Die Dorfbewohner verloren allmählich die Angst vor dieser Erscheinung. Alles schien gut zu gehen. – Aber in einer einzigen Nacht änderte sich alles ..."

„Warten Sie, Rosskopf! – Ich will mir einen anderen Stuhl holen", sagte Beiner, dem plötzlich der Rücken wehtat.

„Ja, suchen Sie sich einen festen Halt. Wie wir uns alle einen festen Halt suchen mussten, wenn wir diese Geschichte gehört haben. Vor allem die Kinder."

„Weiter geht's!"

„Es war also Herbst, Spätherbst. Die Kraniche flogen seit einiger Zeit, es waren mehr als jemals zuvor, unglaublich viele! Eine Invasion! Sie waren aber spät dran. Der Winter stand in jenem Jahr überraschend zeitig vor der Tür. Also sagen wir – es war Mitte November. Die Eltern von Christine waren damit beschäftigt, ihre Zäune zu erneuern. Aus dem Osten kamen Wölfe immer näher, man hörte davon jeden Tag in den Nachrichten. Sie kamen aus Sachsen, aus Polen, aus dem weiteren Osten. Die Eltern sperrten ihre Tiere ein. Die Geräusche in der Nacht überhörten sie. Eines Morgens beim ersten Schnee lagen die Hühner des Dorfes mit durchgebissenem Hals in den Ställen. In der Luft kreisten Scharen von Kranichen – aber Kraniche töten kein Federvieh."

„Ist das sicher?"

„Absolut! – Spuren von Tatzen konnten im Schnee verfolgt werden. Aber eines der Dorfkinder behauptete, es habe ihn – verstehen Sie, i h n – während des Schulganges im Morgengrauen am Zaun gesehen, blutverschmiert. Diese Nachricht wollten alle im Dorf hören. Sie machte die Runde. Am Abend wurde er in die Kreisstadt abgeführt."

„Immerhin hat ihn niemand mit eigener Hand gerichtet!"

„Nein, soweit ging es nicht. Vielleicht hätte ihn jemand umbringen wollen, aber dazu hätte er ihn anfassen müssen ..."

„Was für eine Story!"

„Ich erzähle sie schnell zu Ende ..."

„Obwohl sie ja mit dem, was heute hier geschieht, nur indirekt zu tun hat."

„Gemach! Sie hat damit zu tun, glauben Sie mir! – Jedenfalls, die Eltern meiner Christine bedrängten den Ortsvorsteher. Nach und nach erfuhren sie von seiner Vorgeschichte, auch durch Berichte des lokalen Blattes, im Dorf war das wochenlang Tagesgespräch. Alle interessierte das. Sogar der landesweite Radiosender beschäftigte sich schließlich mit dem Fall."

„Die Story ist ja auch nicht gerade auf Dorfformat beschränkt!"

„Nein, wirklich nicht. – Stellen Sie sich diesen Lebenslauf vor, Johannes! Als Junge war er in einem Ausbildungslager der Hitlerjugend gewesen, er nahm an Experimenten teil über die niemand reden wollte; als Fahnenflüchtiger entkam er im allerletzten Moment seinem Hinrichtungskommando. Seitdem revoltierte er. Er schlug sich durch zwei letzte Kriegsjahre, immer allein, tauchte hier und dort auf und verschwand wieder. In Erdlöchern überstand er die Zeit, ein kleines, böses Tier auf Nahrungssuche. Nach Kriegsende fand er nur langsam in die Gemeinschaft zurück. Er begann etwas und brach es wieder ab. Da schien er schon endgültig gescheitert zu sein ...“

„Ich bin immer fasziniert von Lebensläufen, die harmlos beginnen und so viel Vergangenheit aufhäufen!“, warf Beiner ein.

„... Nach seiner Entlassung aus dem psychiatrischen Krankenhaus, trat er die Flucht nach vorn an, er wollte offenbar überleben und sich zeigen. In jener Zeit machte er auch Versuche, politisch bekannt zu werden, scheiterte aber, weil er alles Erstarrte verhöhnte. Keine Frau hielt es bei ihm aus. Was wirklich geschah, wusste niemand.“

„Und dann kam dieser bemerkenswerte Mensch irgendwann wieder hierher zurück ...“

„Ganz genau! Er landete bei uns in dieser menschenleeren Gegend. Nach seiner Entlassung bezog er wieder sein Haus. Wer in seiner Abwesenheit die Hunde versorgt hatte, konnte niemand sagen. Er führte sein altes Leben fort, und die verbliebenen Dorfbewohner spürten ihre Abneigung gegen ihn wachsen.“

„Die Geschichte geht nicht gut aus, vermute ich", warf Beiner ein.

„Tja. Was soll ich sagen! Ein solches Gesicht und so viel entblößtes Leben mochte man hier nicht – mag man nirgendwo. Vom ersten Tag an blieb man im Ort misstrauisch, so als hätte es die Verbrechen des Krieges nicht gegeben, sondern nur dessen Ausgeburt, diesen Aufgewühlten und Rastlosen. Ihn wollte man im Auge behalten, nicht das, was die Zeit angerichtet hatte. Er war es, auf den man deutete."

„Ja, aber was geschah mit ihm?"

„Er wohnte weiter in jenem Haus. Christines Eltern starben. Seitdem hat kaum einer je wieder etwas von ihm gehört. Durch einen Brief des Ortsvorstehers erfuhren wir später, dass er sich getötet hatte, das muss 1966 gewesen sein. Man fand ihn erhängt an der Blutbuche in seinem Garten."

„Auf dem Land ist immer gleich alles so dramatisch und drastisch!"

„In der Stadt erfährt nur niemand davon."

„Mag sein."

„Jedenfalls haftet an seinem Haus irgendetwas Ungutes. Man spürt es."

„Ja, ich habe es auch gespürt. Ich habe auch diese Blutbuche wahrgenommen, jetzt erinnere ich mich. Aber ich wusste ja nicht ..."

„Sein Grundstück wollte lange Zeit keiner haben. Seit drei Jahren wohnen die Männer dort – es sind soziale Einzelgänger ohne Familien."

„Die setzen die Tradition des Unangenehmen fort."

„Das war mir bisher nicht geläufig, sie leben ja sehr zurückgezogen und sind nicht auffällig geworden – aber nach diesem Auftritt bei Ihnen, ändert sich das natürlich ein Stück weit."

Als Beiner Rosskopf verlassen hatte, dachte er, dass manche Geschichten aus der Realität jede erfundene und noch so gut konstruierte Story übertrafen. Das Problem war immer, wie man mit solchen Dingen umging. Wie es der Bürgermeister ausgedrückt hatte: *Irgendwann will man sich nicht mehr kennen – aber man kann nicht aussteigen.* Die Literatur bot immerhin die Möglichkeit, das Buch einfach zuzuklappen.

Bevor er in seine Klasse ging, wo seine Schüler mit neuen Texten auf ihn warteten, die ganz sicher seinen Alltag hier heller und sinnvoller machten, rief Beiner Asmus an. Er schilderte die Lage. Sein Auftraggeber war mit ihm zufrieden und bat ihn, sich am Abend noch einmal zu melden, wenn die Wiesen geflutet worden waren.

Beiner rief den Ermittlungsleiter an.

„Herr Lainer, ich nerve Sie gern! Aber es geht ja auch um mein ganz persönliches Wohlergehen. Haben Sie irgendwas Neues?"

„Es gibt ein paar Reaktionen der Bevölkerung auf ihre plakatierten Texte!"

Beiner war gespannt. „Ja, und?"

„Einige Ihrer Blätter wurden bemalt, andere abgerissen. Von den Leuten hören wir mehrheitlich, dass sie nicht belästigt werden wollen."

„Ich belästige niemand."

„Wenn ich eine gesetzliche Handhabe hätte, würde ich Ihnen das Plakatieren verbieten lassen! Leider habe ich keine, außer dass Sie vielleicht Sachbeschädigung betreiben – der Rest ist verbriefte Meinungsfreiheit, verstehen Sie?"

„Na, dann ist ja gut! Ich wusste doch, unser Gesellschaftssystem bietet einige Vorteile."

„Aber machen Sie keinen Stunk im Altkreis, Herr Beiner!"

„Sie machen mir Spaß! Ich muss ja schließlich in dem Gästehaus weiter wohnen. Also bin ich stündlich konfrontiert mit der Sachlage. Ich kann nicht so tun, als wäre da nichts. Haben Sie die Brandschäden genau genug gesehen? Und haben Sie gesehen, wie die Strohpuppe jetzt aussieht? So könnte ich jetzt aussehen! – Und wo wir schon so nett plaudern, verrate ich Ihnen was: Ich habe ein Tatindiz sowohl an der Brandstelle wie auch an dem Haus dieser freundlichen Zeitgenossen gefunden. Ein in die Asche geritztes Dreieck. Und darüber hinaus sah ich ..."

„Wissen wir doch alles längst, Herr Beiner!"

Beiner schwieg perplex.

„Wir überlegen, ob wir Ihnen den Personenschutz am Tatort dauerhaft vor Ihre Tür stellen. Ich informiere Sie dann!"

Johannes Beiner absolvierte mit Verspätung seinen Unterricht. In der Pause suchte er sich ein paar Telefonnummern heraus, setzte sich vor die Tür zu den

Unterrichtsräumen der Kulturinitiative, winkte seinen Schülern in den Innenräumen zu und rief den Bürgermeister an.

„Vollkommene Menschen sind eine Illusion", sagte er als Einleitung. „Das wissen Sie selbst. Aber was tun Sie persönlich, um auf Ihre Schutzbefohlenen einzuwirken?"

„Wir dürfen jedenfalls keine Gräben aufreißen!", sagte der Bürgermeister, ohne zu überlegen. „Lassen Sie uns das mal bei einem Bier besprechen."

„Können wir machen."

„Ich überlege, ob wir beim nächsten CL-Spiel von Borussia Mönchengladbach ein *Public Viewing* im Metzenbergstadion machen. Das schweißt doch alle zusammen. Was halten Sie davon?"

„Da steht keiner im Abseits", fiel Beiner nur ein. „Ich bin dabei!"

„Guter Teamgeist, Herr Beiner", lachte der Bürgermeister.

„Übrigens", warf Beiner ein, „was ist eigentlich mit diesem ominösen Greifenhain?"

„Beim Bier, Herr Beiner, beim Bier!"

Beiner rief die Leiterin des Tourismusbüros an.

„Sie glauben also, solange niemand anzweifelte, dass die Schwalm Rotkäppchenland ist, wäre das alles nicht passiert?"

„Mit Sicherheit nicht! Wir müssen Spaß erzeugen, wer kann dann an Gewalt denken! Aber wenn wir mit wölfischen Gedankenspielen kommen, dann erzeugen wir diese Mentalitäten eben auch. Das sehen Sie ja!"

„So einfach ist das also? Immerhin gehört der Wolf zum Rotkäppchen dazu."

„Wer einmal den Radspaß im Rotkäppchenland miterlebt hat, der ist jedenfalls friedlich, der bremst sogar für Idioten, das kann ich Ihnen sagen!"

„Sind Sie eigentlich dafür, dass die Zugvögel bei uns rasten?"

„Natürlich! Unbedingt! Das ist doch etwas Märchenhaftes! Dafür bin ich immer zu haben!"

Die Schüler klopften von Innen an die großen Fenster des Ladenlokals. Tanja drückte sich die Nase platt und zog sich die Ohren lang. Beiner ging hinein. Alle blickten erwartungsvoll. Der Unterricht ging weiter mit einem schönen Text. Helgas rundes Gesicht war noch mehr gerötet als sonst, während sie ihren Text vortrug.

„Wenn die Kraniche aus dem Süden zurückkehren, dann gehen wir glücklich über die Wiesen. Es ist Frühling geworden. Der Wind spielt in unserem Haar, wir pflücken frühe Blumen. Alles ist an seinem Platz. Wir werfen Blicke auf alles um uns herum. Die Katze springt heran. Die Amseln umschwirren den blühenden Kirschbaum und singen. Die Blindschleichen züngeln. Wir finden das Glück in Garten und Natur. Die Kraniche warten ab, bis wir das Zeichen geben. Dann kommen sie. Und unser Fazit lautet: Ist das Leben nicht schön?"

„Gut, Helga!", sagte Beiner „Auch das wird verfielfältigt und ausgedruckt. Und wir heften es wenn nötig auch an die Hinterköpfe der Idioten, von denen die Leiterin der Schwalm-Touristik sprach."

„Belästigen dürfen wir natürlich niemand!“, sagte Traudi kategorisch. „Dann erreichen wir gar nichts.“

„Wir sollten uns überhaupt so verhalten“, warf Joachim ein, „dass niemand Anstoß an unserem Schreiben nimmt. Wir sind keine Provokateure. Jedenfalls sehe ich mich selbst nicht so. Wenn wir mit unseren Texten nichts anderes erreichen als Widerstand bei den Einwohnern – dann können wir gleich einpacken.“

„In ein paar Tagen sollen die Kraniche auf den Wiesen bei Loshausen landen“, sagte Klaus-Jürgen. „Bis dahin müssen wir es schaffen, jeden Widerstand dagegen auszuräumen.“

„Gibt es den Widerstand denn überhaupt noch?“, fragte Tanja.

„Na, du hast es im Wirtshaus und bei der Bürgerversammlung doch gehört! Massiven Widerstand!“

„Das sind doch nur Worte!“

„Wir sind jedenfalls keine Outlaws“, sagte Joachim. „Wir machen doch nur Angebote. Wir schlagen bessere Lösungen vor.“

„Mit so schönen Texten wie dem von Helga!“, sagte Traudi.

„Obwohl es nicht hier spielt, sondern im Irgendwo“, merkte Klaus-Jürgen an. „Aber die Vorgänge sind ja dieselben.“

„Jetzt sollten wir uns nicht zu klein machen“, sagte Tanja. „Wenn wir Einfluss nehmen wollen, dann müssen wir auch akzeptieren, dass wir irgendwo anecken. Irgendwer wird immer dagegen sein, irgendwen treten wir beim Schwälmer Tanz immer auf die Füße. Hauptsache ist doch, unser Thema bleibt im Gespräch.“

„Ja, aber es darf keinen Krawall geben“, gab Helga zu Bedenken.

„Gut“, sagte Beiner, „wir bereiten uns für heute Abend vor! Ich schlage vor, wir sind nicht einfach nur dabei, sondern setzen unsere Akzente!“

„Ja, das erwarten die Leute inzwischen sogar von uns!“, sagte Klaus-Jürgen.

„Wir müssen jedenfalls zeigen, dass wir unseren Auftrag ernst nehmen“, meinte Tanja. „Die Menschen brauchen Vorbilder, die vorangehen.“

Klaus-Jürgen nickte verschwörerisch. „Da hätte ich einen Einfall ...“

In der Mittagspause ging Beiner in den Supermarkt und kaufte sich die besten Dosensuppen. Er sah sich selbst als Meister im Verfeinern von Dosensuppen. Als er wieder auf der Straße stand, sah er, wie die Doppelflügel der Hofeinfahrt zum Schloss der Adelsfamilie Schwertzell direkt gegenüber geöffnet wurde. Das geschah selten, und deshalb wirkte es wie eine Theateraufführung. Heraus spazierte aber nur ein kleiner Mann in gelber Signaljacke. Er blickte nach rechts und nach links – und steuerte dann direkt auf Johannes Beiner zu.

„Hallo! Einen Moment!“

Abwartend blieb Beiner stehen und sah dem Mann entgegen, der die Straße überquerte. Er ging leicht vornüber gebeugt, aber mit jugendlichen Bewegungen, sein bäuerliches Gesicht besaß wache, beinahe strahlend blaue Augen.

„Ich war hier unter anderem verantwortlich für den Fluss“, sprudelte der Mann sofort los. „Ich könnte Ihnen einiges erzählen darüber – warum eines Tages die Kraniche ausblieben. Ein durchaus schwarzer Tag, wenn auch ...“

„Hochinteressant, Herr ... Darüber rätseln ja alle. Und Sie kennen den Grund?“

„Ludger Klein, Sekretär beim Bauernverband, wir haben hier diesen Workshop angeregt, den Herr Kieling durchführt ...“

„Sie wissen, wer ich bin?“

„Natürlich, Sie kennt ja nun mittlerweile jeder ...“

„Wir könnten uns heute Abend in Loshausen treffen, und Sie erzählen mir was! Nur im Moment geht es nicht.“

„Aber eins will ich noch schnell sagen, weil ich ja auch die Interessen der Landwirtschaft zu wahren habe. Das wird nicht funktionieren. Die Kraniche werden nicht landen. Weder in drei Tagen, noch in einer Woche, noch sonst wann. Und wissen Sie warum? Da gibt es viel zu viele Unwägbarkeiten.“

„Und welche?“

„Schon seit Jahren ziehen die Vögel nur über uns hinweg. Sie haben den Rastplatz in unserer Flussaue längst aus dem Blick verloren und rasten hier höchstens bei schlechten Witterungsbedingungen, die sie am Weiterfliegen hindern. Sie steuern die Schwalmaue nicht mehr gezielt an.“

„Sie beschreiben doch nur, was jeder weiß. Wir wollen aber genau das jetzt ändern.“

„Wie gesagt, es gibt viele Gründe! Es ist Ackerland! Die artenspezifische Fluchtdistanz kann vor Ort überhaupt nicht gewährleistet werden. Dann ist sowieso fraglich, ob ein Zwischenstopp bei sich verändernden Flugbedingungen notwendig ist. Und die vergleichsweise geringe Größe des Landegebietes in einem überwiegend bewaldeten Bergland – da sehe ich schwarz. Die Vögel werden jetzt kommen, keine Frage, denn in Skandinavien gibt es einen s p ä t e n Wintereinbruch und bei uns ist es ungewöhnlich warm. Aber sie werden nicht landen, die erkennen von oben, was nicht passt.“

„Ich hoffe, Sie haben Unrecht! – Aber vielleicht sehen Sie diese Dinge zu sehr vom Standpunkt der Landwirtschaft aus?“

„Auf gar keinen Fall! Sehen wir es mal ehrlicherweise so: Die Schwalm kann als Kranichland eher von untergeordneter Bedeutung sein – im Vergleich etwa zur Dümmer-Niederung, wo ich gerade war, und so weiter!“

„Aber wie spektakulär wäre das Rasten der Schwärme in diesen Niederungen, wie attraktiv auch für den Tourismus! Sieht der Bauernverband das nicht?“

„Das ist für uns eher nebengeordnet! Touristen hinterlassen einen unendlichen Schmutz – und das auf hochwertigen Böden!“

„Ich höre da wenig Sympathie heraus für unser Projekt – und für die Kraniche generell.“

„Was glauben Sie denn, welche baulichen Maßnahmen vor Ort notwendig wären! Allein das kostet ja Unmengen! Dazu kommen die formalrechtlichen Verfahren und das Procedere der Wässerung, Ausdehnung, Dauer, Zeitpunkt und so fort. Der landwirtschaftliche Betrieb muss doch weitergehen! Und er steht absolut im Mittelpunkt, da seien Sie mal versichert!"

„Natürlich sehe ich diese Probleme! Und meine Auftraggeber sehen diese erst recht! Aber wenn wir genügend Grundsympathie aufbringen, können wir das doch ausgleichen!"

„Ich wiederhole mich: Das alles muss ja erst mal angelegt werden!"

„Nun gut, ich bin lernfähig, Herr Klein. Und ganz sicher auch die verantwortlichen Initiatoren des Projektes!"

„Das Verhältnis von Aufwand und Nutzen ist grundlegend unökonomisch!"

„Haben Sie soeben mit den Schwertzells darüber geredet?"

„Das geht Sie eigentlich nichts an!"

„Doch! Wenn der Bauernverband mit den Grundbesitzern spricht, dann sollte er es auch mit uns tun!"

„Tut er ja! Ich stehe doch vor Ihnen!"

„Gut. Jedenfalls – wenn es um Ökonomie geht, dann sind die Schwertzells ja wohl die wichtigsten Grundbesitzer, nehme ich an!"

„Nicht in Loshausen. Außerdem überlassen die Herrschaften das alles lieber den Leuten vom NABU, vom

BUND und anderen Experten. Das habe ich soeben eindeutig gehört."

„So viel Probleme im Detail wollte ich mir selbst eigentlich auch nicht aufladen. Ich bin hier nur der Spinner für Literatur ..."

„Ich habe Sie ja schon in der Bürgerversammlung erlebt. Sie stellen ihr Licht unter den Scheffel. Wenn es um konkrete Aussagen geht, betonen Sie Ihre Inkompetenz. Passen Sie auf, dass das nicht Ihre Masche wird."

„Das geht nun Sie überhaupt nichts an!"

Natürlich kam Hannah, ohne sich anzukündigen. Als Beiner in seine Wohnung hinaufging, saß sie auf den letzten Treppenstufen. Obwohl es erst März war (*„Ich richte mich doch nicht nach dem Kalender*!"), trug sie wegen der warmen Tagestemperaturen ein weißes Sommerkleid, ein Strohhut bedeckte ihre wilde, dunkle Haarmähne. Überrascht, leicht verärgert und sehr erfreut begrüßte Beiner sie.

„Hier ist alles schrecklich, Johannes!", empfing sie ihn. „Wenn ich diese Brandspuren im Eingang sehe, wird mir ganz schlecht. Ist dir auch wirklich nichts passiert!"

Sie strich besorgt über sein Gesicht, tupfte gegen die Pflaster und küsste ihn auf den Mund.

„Nein, nein, alles gut", sagte Beiner aufseufzend. „Das sieht schlimmer aus, als es ist."

„Du kommst mit mir nach Hause, Johannes! Das

steht fest!“, sagte Hannah. „Ich lass dich hier nicht allein zurück!“

Sie gingen in die Wohnung. Dort herzten und liebkosten sie sich ausgiebig. Danach sagte Hannah: „Ich gehe nicht eher von hier weg, bis du einwilligst.“

„Ich kann hier nicht weg, Hannah! Ich habe einen Vertrag!“

„Das sagtest du schon! Der ist ungültig! Wenn so was passiert!“

„Und das sagtest d u schon! Ich bleibe auf jeden Fall hier, bis die Kraniche kommen!“

„Und die Verbrecher, die dir was antun wollten! Dieses elende Schweinestallpack! Die spazieren einfach weiter herum und brüten ihre schäbigen Gedanken aus! Und keiner stoppt sie!“

„Die Behörden kümmern sich darum.“

„Das sind doch Luschen! Oder die stecken mit den Tätern unter einer Decke!“

„Übertreibe nicht so krass! Ich möchte mich da jedenfalls nicht reinhängen. Es gab entsprechende Hinweise und die will ich ernst nehmen.“

„Dann suche ich auf eigene Faust nach dem Täter!“

„Bist du verrückt! Du wirst nichts tun! Wir gehen heute am Abend zur Flutung der Wiesen nach Loshausen und morgen fährst du in aller Frühe zurück nach Offenbach. Ich warte ab, bis die Vögel da sind und komme dann irgendwann nach!“

„Irgendwann nach? Irgendwann nach?! Wann denn! Wenn du noch mehr Pflaster im Gesicht hast?“

„Du reist jedenfalls morgen früh ab!“

„Das entscheide ich!“

„Keineswegs!“

„Ich will mir den Kerl ansehen, der das Feuer gelegt hat! Ich will seine Fratze sehen! Ich will ihm in die Augen blicken!“

„Den kennst du doch gar nicht!“

„Doch!“

„Bitte?!“

„Ich kenne ihn. Es ist der, der dich im Schutz seiner Dreckskumpel im Ort angemacht hat. Wer sollte es sonst sein! Du hast ihn mir doch mit seinen Tätowierungen beschrieben! Und er wohnt in diesem schrecklichen Haus, von dem du mir erzählt hast. In diesem Greifenhain ...“

„Greifenhain? Woher weißt du von Greifenhain! Und woher willst du wissen, dass es sich dabei um ebendieses Haus handelt!“

„Also zählen wir eins und eins zusammen! Der Name spukt doch hier überall herum! Und es kommt nur ein Kerl als Täter infrage! Der mit der Heino-Frisur, den Tätowierungen und dem hässlichen Köter an der Leine! Ich werde ihn mir vorknöpfen!“

„Hannah! Ich packe dich und schleppe dich eigenhändig zum Zug, wenn du so redest!“

„Man muss sich doch wehren, Johannes!“

„Zusammen mit der Polizei, ja. Aber nicht an ihr vorbei.“

„Ich muss was tun! Ich kann nicht hier rumsitzen und mit ansehen, wie sich irgendwas zusammenbraut ...“

„Aber das ist topgefährlich, Hannah! Du stocherst da womöglich in einem brandgefährlichen Haufen!“

„Meinst du, ich mache seit Jahren aus schierer Langeweile *Taek wan do*! Ich mache das für solche Auftritte, Mann! Jetzt ist der Moment gekommen, jetzt ist Hannah im Rennen, und die Kerle, die dich belästigen, sollen sich warm anziehen!“

„Wie kann ich dich von diesem verrückten Gedanken abbringen!“

„Nur indem du sofort deinen Koffer packst und mit mir kommst! Hier, siehst du, ich warte an der Tür!“

„Unmöglich! Du solltest nicht so stur sein! Das bringt dir bei mir Minuspunkte ein!“

„Ich rette dein Leben, Freundchen! Du solltest mir dankbar sein!“

„Hannah, du hältst die Füße still, verstanden! Geh' spazieren! Das Wetter ist schön. Du hast deinen Sonnenhut dabei. Ich muss jetzt wieder arbeiten. Eine ganze Klasse wartet auf mich. Heute Abend fahren wir zusammen nach Loshausen rüber. Hinterher können wir essen gehen, und wir trinken ein Gläschen, ich kenne ein paar nette Landkneipen. Und du kommst einfach mit und spielst nicht die große Emanze!“

„Kollege, wenn du das Patriarchat wieder einführen willst, dann stelle einen Antrag! Ich mache, was mir richtig erscheint!“

„Wir sehen uns in zwei Stunden hier in der Wohnung! Ruhe dich aus. Mach dich hübsch, damit die Wasser sprudeln!“

Während des Unterrichts war Beiner unkonzentriert. Zum ersten Mal machte er ihm keinen Spaß. Seine Schüler merkten das natürlich sofort und strengten sich doppelt an. Tanja und Traudi lasen sogar etwas im Duett vor. Er ersehnte trotzdem das Ende der Schulstunde und verschwand sofort – natürlich nicht, ohne sich mit seinen Schülern für fünf Uhr zu verabreden. Man würde zusammen nach Loshausen fahren. Im Gepäck zum Verteilen einen Packen kopierter schöner Texte. Sie nannten den Packen den *Drei-Tage-Proviant*.

Als Beiner um fünf Uhr die Wohnung betrat, gab es von Hannah keine Spur – außer ihrem Sommerkleid, das auf dem Bett lag, obenauf der Strohhut. Sie ist spazieren gegangen, redete Beiner sich ein. Nach einer halben Stunde, rief er sie an. Er erreichte nur die Mailbox. Beiner fluchte. Er sprach auf die Box.

„Hannah! Wo bist du, gottverdammt! Melde dich!"

Das Schweigen danach dröhnte in seinen Ohren.

Hannah fühlte sich wohl. Endlich gab es etwas zu tun! Sie hatte sich Jeans und ein kariertes Gartenhemd angezogen, das sie in der *Landlust* für Ausflüge aufs flache Land bestellt hatte, darüber einen schwarzen Blouson, festes Schuhwerk. Um sich für die Aufgabe zu stärken, und weil sie tagsüber keinen Bissen zu sich genommen hatte, setzte sie sich in das Bäckerei-Café am Ort. Sie ließ sich Kaffee, ein frisches Croissant und die regionale Zeitung bringen und überlegte.

In sich spürte sie eine überbordende Lust, etwas für Johannes zu tun. Etwas, das seine Liebe und Aufmerksamkeit für sie stärken würde. Vor Minuspunkten hatte sie keine Angst mehr, darauf war er sowieso spezialisiert. Wenn er sich nicht selbst schützen konnte, dann wollte sie es tun.

Außerdem war sie zunehmend überzeugt davon, dass der Anschlag auf Johannes ungesühnt bleiben würde, wenn sie die Aufklärung nicht in die Hand nahm. Sie war eine junge, attraktive Frau, sie kam aus der Stadt, sie war gerüstet. Und die Welt hatte sich seit den Zeiten der weiblichen *Blaustrümpfe* ein bisschen weitergedreht. Außerdem wusste sie, dass man auf dem flachen Land die Lösung der anstehenden Fälle immer schon in die eigene Hand genommen hatte. Man wartete hier doch nicht auf Diplomierte und Uniformierte.

So weit, so gut. Aber was konnte sie tun?

Sie musste zu dem ominösen Haus hinter dem Ortsrand gehen, das sie immer noch Greifenhain nannte, und es beobachten. Wenn sie Glück hatte, war der Kerl anwesend, sein Hund würde ihn verraten. Wenn er herumspazierte, würde sie sich an seine Fersen heften, herausfinden, was er trieb, und ihn irgendwann stellen – auf die eine oder andere Weise. Den offiziellen Ermittlern war nicht zu trauen. Sie würde diesem Landei und seinen Amigos jetzt mal zeigen, was eine junge, emanzipierte Frau aus der Stadt drauf hatte! Danach würde sie ihn zur Polizei schleppen und sein Geständnis zu Protokoll geben lassen. Dabei würde sie ihren Fuß nicht von seinem Nacken nehmen.

Hannah fiel im Ort auf. Jeder Fremde war in den holprigen, engen Gassen mit den beiden Reihen biederer Fachwerkhäuser auffällig. Man starrte sie an. Als sie die schmalste Gasse des Ortes von der Hauptstraße zur Mühle hinuntergehen wollte, hatten ihr zwei Jungs den Weg versperrt und frech gelacht. Na ja ...

Jetzt saß sie im Bäckerei-Café und blickte auf die Uhr im Smartphone. Sie hatte noch Zeit. Sie würde abwarten. Als sie gerade ihr Croissant in die Tasse stippen wollte, erstarrte sie. Dort kam der Mann, von dem sie nicht einmal den Namen wusste – er kam leibhaftig die Straße herunter! Johannes hatte ihn exakt beschrieben – strohblond, Tätowierungen überall, selbst auf dem Hals bis zur Gesichtskante, was aussah, als trüge er ein Stützkorsett, Bulldogge an der Leine. So was gab es hier nur einmal.

Hannah war elektrisiert! Was für ein genialer Zufall in dieser Scheißsituation! Extra für sie inszeniert! Algorithmen, dachte sie. Einwandfrei Algorithmen!

Wenn sie bis jetzt noch gezaudert hatte, die warnenden Worte von Johannes im Ohr – jetzt war sie endgültig zum Handeln entschlossen.

Sie warf einen Geldschein auf die runde Marmorplatte des Tisches, stellte den gläsernen Aschenbecher drauf und folgte dem Mann, der seinen Hund hinter sich herzog, in der anderen Hand zwei Tüten. Gerade verschwand er hinter einer Grünanlage an der Straßenecke.

Der Tätowierte bestieg ein Auto. Ein roter Mazda mit ZIG-Kennzeichen.

Hannah fluchte. Wo kriege ich jetzt ein Taxi her, dachte sie. Sie spurtete ins Café zurück. Die Bedienung verriet ihr, dass es einen Taxiruf gerade in der Richtung gab, in der der Tätowierte jetzt verschwand; manchmal stünde sogar ein Wagen dort, vor allem um diese Uhrzeit, weil die Büros Feierabend machten und es vorkam, dass auswärtige Angestellte zum Bahnhof nach Treysa wollten.

Hannah war jetzt nicht mehr zu bremsen. Sie machte sich das Absurde und Zufällige ihres Handelns nicht mehr klar, sie wollte nur weitermachen – wo sie nun schon mal damit angefangen hatte!

Junge Frauen aus der Stadt sind manchmal so, dachte sie – und sie haben das Glück auf ihrer Seite ...

Tatsächlich sah sie an der Taxirufsäule in hundert Metern Entfernung, auf einem kleinen Parkplatz an der Straße nach Alsfeld ein Taxi stehen. Im Hintergrund fuhr der rote Mazda in Richtung Wasenberg und Treysa.

Hannah nahm die Beine in die Hand. Der Taxifahrer schien aus einem Schläfchen zu erwachen, schaffte es aber noch, ihr die Tür aufzureißen. Hannah gab ihm Anweisung, dem Mazda zu folgen.

„Kleine Verfolgungsjagd gefällig?“, kokettierte der junge Fahrer.

„Alles ganz harmlos. Fahren Sie nur hinterher“, sagte Hannah.

Der Fahrer musterte sie neugierig im Rückspiegel, sagte aber nichts mehr und folgte dem Wagen. Er musste ein bisschen Gas geben, um aufzuschließen.

Hannah rutschte auf dem Rücksitz herum. Sie legte das Smartphone neben sich und blickte angestrengt nach vorn. Nach Greifenhain geht es erstmal nicht, dachte sie.

Das rote Fahrzeug blieb auf der Ausfallstraße in Richtung Wasenberg. Es erreichte den Ortsrand, passierte rechter Hand den Gebäudekomplex mit den Sonnenkollectoren, bog nach links ab und hielt plötzlich.

„Stopp!“, rief Hannah. Ihre Stimme war heiser.

Der Taxifahrer parkte am Straßenrand. Auch er starrte jetzt gebannt durch die Frontscheibe. Einen langen Moment tat sich nichts. Dann verließ der Tätowierte fast mit einem Sprung das Auto, zerrte seinen Hund aus dem Wagen, setzte kurz die beiden Tüten ab und bog mit hastigen Schritten in eine Straße ein, deren Belag von Unkraut halb überwuchert war. Rechts und links Bäume, Müllcontainer, Gerümpel.

Wohin wollte der Kerl!

Hannah fragte den Fahrer: „Was ist da hinten? Sind die Lagerhallen in Nutzung?“

„Nein, alles verlassen. Ich weiß nicht, was der Kunde da will – vielleicht mit dem Hund Gassi gehen. Aber Moment – ganz am Ende gibt es neuerdings ein kleines Unternehmen, da sollen in Zukunft diese Photovoltaikflächen zusammengeschraubt werden. Sonst nur Schrottplätze.“

„Na, irgendwas hat der da jedenfalls zu tun.“

„Hören Sie mal“, sagte der Fahrer, „Sie haben doch wohl nichts Gesetzwidriges vor?“

„Was soll das denn sein!"

„Ich meine, wollen Sie den geilen Jungen da belästigen, hahaha!"

Plötzlich kam der Tätowierte zurück. Er trug keine Tüten mehr, stieg mit dem Hund ins Auto und fuhr mit röhrendem Motor weiter.

Hannah atmete auf. Sie wies ihren Fahrer an, in größerem Abstand zu folgen. Sie war so besorgt, Verdacht zu erregen, dass sie das Taxi anhalten und eine halbe Minute lang stehen ließ. Als sie wieder anfuhren, sahen sie das Auto in einem Kilometer Entfernung zur Linken auf einen allein stehenden, großen Hof fahren. Es verschwand zwischen niedrigen Baracken und Wellblechdächern.

„Soweit alles legal!", lachte der Taxifahrer.

„Wer wohnt da?", wollte Hannah wissen.

Der Taxifahrer zuckte die Schultern.

„Warten Sie hier bitte. Geben Sie mir Ihre Nummer. Sie haben ein Handy dabei?"

„Logisch!"

Sie schrieb die Nummer auf und sagte: „Warten Sie auf jeden Fall eine halbe Stunde! Machen Sie das? Ich bezahle natürlich. Wenn ich dann nicht wieder auftauchen sollte, schauen Sie mal nach oder rufen Sie diese Nummer an. Ok?"

„Hören Sie! Wollen Sie das nicht lieber sein lassen."

„Reden Sie nicht!"

Hannah stieg kurzentschlossen aus, stellte ihr Smartphone auf stumm und folgte dem Tätowierten.

Um Fünf holte Beiner seine Klasse in den Ausstellungsräumen der Kulturinitiative ab. Die Schülerinnen und Schüler verteilte er auf sein Auto und das von Rosskopf, der sich dem kleinen Konvoi anschloss. Hannah war nicht aufgetaucht. Und zu erreichen war sie auch nicht.

Kurzerhand hatte Beiner die Exkursion abbrechen wollen. Die Zweifel an seinem Tun zerrissen ihn schier. Sollten die Wasser ohne ihn losgelassen werden! Was ging ihn diese verdammte Badewanne Loshausen an!

Er musste sich doch um Hannah kümmern! Miss Unvernunft rannte gerade in ihr Verderben!

„Sie kommt nach", beruhigte ihn Rosskopf.

Wo war sie nur, verdammt! Er kannte seine Frau doch! Er hätte sie anbinden müssen!

Wieder und wieder rief er sie an. Noch während der Fahrt und als der Damm am kleinen Flugplatz von Ziegenhain schon in Sicht kam, versuchte er es. Beiner traute ihr zu, dass sie jetzt das Smartphone sogar abgeschaltet hatte, aber das konnte er natürlich nicht feststellen.

War sie kurzentschlossen in den Zug gestiegen und zurückgefahren? Aber nein, ihr Programm war nicht, seinen Anweisungen zu folgen. Außerdem lag ihr Sommerkleid noch immer auf dem Bett.

Wenn Beiner sich vorstellte, dass sie tatsächlich auf eigene Faust herumschnüffelte, dann wurde ihm schlecht. Hatte sie tatsächlich ihre Bemerkung von vorhin in die Tat umgesetzt? Hätte er nicht zu dem

Haus fahren müssen, in dem diese Typen wohnten? Er wollte sich nicht vorstellen, dass Hannah tatsächlich dorthin gegangen war. Nein, so viel Unvernunft traute er selbst seiner impulsiven Frau nicht zu.

Einen Moment lang beruhigte er sich mit dem Gedanken, sie sei schon vorausgegangen. Als sie am Loshäuser Wehr ankamen, stellte sich Beiner an die vorderste Kante der langen, schmalen Brücke über die Schwalm und ließ seine Blicke schweifen. Wiesen, soweit das Auge reichte, aber er konnte Hannah nicht entdecken. Die wartende Menge war auch zu groß. Keine Hannah. Dafür anscheinend alle Ortschaften Loshausen, Salmshausen, Steina, Röllshausen, Ziegenhain und Treysa vollständig versammelt.

Beiner winkte einigen Leuten zu. Immer wieder zog er sein Smartphone, aber natürlich hatte sie sich nicht gemeldet.

Es machte Beiner rasend, dass er nichts tun konnte! Aber was zum Henker hätte er denn machen können! Immerhin besser hier unter Leuten zu sein, als irgendwo herumzurennen. Oder in der Wohnung auf Hannah zu warten.

So viele Menschen! Sie alle waren der Ankündigung in der Zeitung gefolgt. Das funktionierte in der Region wie Trommelwirbel. Und sie würden wiederkommen, wenn die Presse am Morgen die Ankunft der Kraniche am Abend verkündete.

Rosskopf rannte herum und informierte sich über den Stand der Dinge. Beiners Gehilfen waren längst ausgeschwärmt, er sah, wie sie ihre Blätter verteilten, das machten vor allem die Frauen. Die beiden Schüler banden die Kopien mit den kleinen Geschichten an die Bäume, die als Restbestände an den Wiesenrändern die Rodungen überstanden hatten. In der Ferne erblickte Beiner sogar Sumaya an der Seite Alis, sie trug ein knallrotes Kopftuch. Und – sie winkte ihm sogar zu! Es schien ihm fast ein Tanz zu sein.

Aber Hannah war nicht da!

Plötzlich kam ein Mann hinter dem neu errichteten Ausleitungsbauwerk hervor, ein Bau, durch dessen bewegliches *Schütz* die Wässerung möglich gemacht wurde. Der Mann stellte sich neben ihn. Er erkannte den Naturschützer Lotz, mit dem er vor einigen Tagen gesprochen hatte.

Der sympathisch lächelnde ältere Herr sprudelte sofort los. „Das ich das noch erleben darf! Stellen Sie sich vor, diese Anlage hier war ja einst Ausgangspunkt für die Flussbegradigung unterhalb und damit für die Entwässerung der Aue. Sie war Schuld daran, dass der Lebensraum Feuchtgebiete austrocknete!"

Beiner erwiderte: „Und jetzt wird sie aktiviert ..."

„... Um die alte Idee der Wässerungswiesen für die Feuchtgebietsvögel und den Kranich zu nutzen, ja."

„Ein Triumph für Sie!"

Beiner konnte seinem Gegenüber die Genugtuung ansehen.

„Es sieht so aus, dass Rosskopf, der Gute, den richtigen Ansatz gefunden hat und die nötige Überzeugungskraft, um die Interessen von Landwirtschaft und Vogelschutz in Einklang zu bringen! Der hohe Grundwasserspiegel wurde mit der Flussbegradigung erheblich abgesenkt und das Grünland konnte in Ackerland umgewandelt werden ...“

„... Feuchtwiesen, Senken und Tümpel verschwanden dadurch ...“

Lotz nickte. „Vor allem wurden in den Jahren die Sperrwerke an den Enden der Grabensysteme für den Rückstau in die Wiesen zurückgebaut, die Ausleitungsschütze verschlossen und es unterblieb die Pflege der Gräben! Das Ergebnis: kein Düngungssystem Wässerungswiesen mehr!“

„Klar, dass die Kraniche nicht mehr landen wollten.“

„...Übrigens auch die anderen daran gebundenen Wiesenvögel nicht – Kiebitze, Wiesenpieper, Weißstörche!“

„Glauben Sie, dass wenigstens die Kraniche zurückkehren?“

„Sie haben mich das schon mal gefragt. Mehr als Angebote können wir nicht machen ...“

„Ich besitze schon ein bisschen mehr Zuversicht für den Plan!“

„Dürfen Sie! Es war jedenfalls klug, die Aktion zunächst als einen Versuch mit einem Provisorium auf den Weg zu bringen!“

„Provisorium?“

„Es ist Ihnen doch klar – für eine dauerhafte Wiederherstellung der zeitweisen Wiesenvernässung bedarf es eines höchst aufwändigen Verfahrens.“

„Davon sprach schon dieser Herr Klein in Willingshausen!“

„Vom Bauernverband? Naja, er hat zumindest recht, wenn er die Genehmigungs- und Beteiligungsverfahren im Blick hat.“

Beiner seufzte. „Ich bin schon froh, wenn sich in der Bevölkerung kein massiver Widerstand organisiert.“

„Zumindest die Wasser kehren zurück. Das ist allein schon gut!“

Beiner war unkonzentriert. Er ließ unaufhörlich seine Blicke wandern, um Hannah doch noch in der Menge zu entdecken. Vergeblich.

„Der Naturschutz Schwalm hat wirklich viel getan“, war Ansgar Lotz nicht zu bremsen. „Natürlich bin ich darauf stolz. Wenn jetzt noch die Kraniche kämen – es wäre ein Halleluja wert!“

Der Grad der Aufregung um sie herum stieg immer mehr. Unaufhörlich rannten Menschen herum. Einige trugen sogar Schwälmer Tracht, sie feierten an diesem Tag ihre schöne Region. Über Lautsprecher dröhnte es: „Achtung! Bleiben Sie alle hinter den Absperrungen! Achten Sie auf Kinder und Hunde! Niemand darf sich in der Senke aufhalten! Die Wasser steigen in zehn Minuten!“

Beiner legte Lotz die Hand auf den Arm und sagte: „Ich würde es der Region so sehr wünschen, dass die Zugvögel ein Einsehen haben!“

„Sie tragen Ihren Teil dazu bei, Herr Beiner! Ich sehe da drüben Ihre fleißigen Schüler und Schülerinnen! Ich glaube, die Menschen der Region sind inzwischen auf Ihrer Seite! Dann können auch die Grundbesitzer nicht mehr zurück!“

„Mit unseren bescheidenen Mitteln ...“, sagte Beiner.

„Ich sehe da drüben den Kollegen Wohlfahrt! Ach, und Klein ist auch da! Ich muss rüber! Man sieht sich noch, Herr Beiner!“

Immer mehr Menschen rannten durcheinander. Jemand stolperte auf dem unebenen Boden und fiel. Beiner sah jetzt sogar seine Schüler nicht mehr. Die Lautsprecher dröhnten. Es war ein knallbuntes Bild von Bewegung und Farben.

Schwälmer Tanz!, dachte er. Wie beim *Schwälmer Tanz*!

Er blickte auf die Uhr des Smartphones. Sechs Uhr. Das Spektakel begann.

Ohne Hannah ...

Schuppen, Stellplätze von Kleinlastern, Reifen, Schrott. Wo war der Tätowierte? Hannah blickte auf das Smartphone. Kurz vor sechs Uhr! Mein Gott, Johannes wartete auf sie! Was tat sie hier!

Hannah fühlte sich plötzlich elend. Sie fühlte in sich sogar eine Art Schluchzen aufsteigen, unterdrückte es aber. Sie hatte sich von ihrem eigenen Wahn mitreißen lassen! Aber jetzt musste sie es zu Ende bringen.

Tapfer bleiben, ermahnte sie sich ... Nicht in die alten Rollenmuster zurückfallen ...

Wo war der Tätowierte hin? Hannah bemühte sich nicht mehr, unsichtbar zu bleiben. Sie ging durch eine Reihe Baracken, im Hintergrund verfielen ehemalige

Ställe, die Gerippe von Dachstühlen wurden sichtbar, überall lagen Ziegel herum.

Sein Auto stand in zehn Meter Entfernung.

Von dem Fahrer keine Spur, auch nicht von seinem Hund.

Ihr Smartphone vibrierte in ihrer Hosentasche.

Hannah stellte sich jetzt doch in den Schlagschatten eines niedrigen Gebäudes. Als sie ein paar vorsichtige Schritte vorwärts machte und um die Ecke sah, bemerkte sie in einem lang gestreckten Gebäudekomplex eine offene Blechtür. Noch während sie überlegte, ob sie hineingehen sollte, hörte sie eine Männerstimme. Sie klang monoton, es entstanden aber Pausen, also war da noch jemand. Oder telefonierte er?

Hannah schob sich an der Wand entlang. Natürlich fiel ihr ein, dass sie sich nicht gerade geschickt verhielt. Sie hatte in Verfolgungen wahrhaftig keine Routine. Mensch, Hannah!, dachte sie. Was machst du! Was machst du! Was machst du! Was machst du!

Drecksbande!, dachte sie im gleichen Atemzug, um sich Mut zu machen. *Feige Drecksbande*!

Sie schlüpfte durch die offene Blechtür. In der jähen Dunkelheit nach dem Sonnenlicht draußen erkannte sie einen fensterlosen, bestuhlten Versammlungssaal mit einer kleinen Bühne. Oben stand ein längerer Tisch. An den Wänden hingen Männerporträts und Lorbeerkränze.

Verblüfft blieb Hannah einen Moment lang stehen. Dann hörte sie wieder die Männerstimme, sie kam aus einem Nebenraum. Hinter einem Durchgang an der

Bühne lag ein Büro, sie erkannte es durch eine Glasfront. Sie wagte einen Blick hinein. Zwei graue Schreibtische, ein halb vertrockneter Gummibaum, Stahlregale, kahle Wände.

Die Stimme des Tätowierten entfernte sich, kam dann schnell näher, entfernte sich wieder. Er telefonierte wohl tatsächlich.

Was sie tat, war Hausfriedensbruch. Und es war vor allem unvernünftig. Und gefährlich.

Der Tätowierte war nur ein mutmaßlicher Täter. Ihr Verdacht gegen ihn nur ein vages Gefühl. Etwas, das bei keiner Ermittlungsbehörde zählte. Aber sie war sich absolut sicher, dass er ein Täter war!

Das Büro war leer. Hannah ging hinein.

Was sie zu finden erwartete, gab es nicht. Keine Blutflecken, keine Leichen, keine Monster.

Enttäuschend. Wenn da nicht ...

Hannah begriff plötzlich, dass es hinter dem Büroraum noch etwas anderes gab. Sie ging weiter. Vor ihren Augen öffnete sich ein weiterer Saal. An den Wänden standen Glasvitrinen. Was darin lag, konnte Hannah auf den ersten Blick nicht erkennen. Wer versammelte sich hier, gottverdammt!

Der Tätowierte kam zurück. Hannah verschwand schnell durch das Büro und stellte sich auf das Podium des Eingangssaales, halb verdeckt vom Vorhang. Der Tätowierte bewegte sich jetzt Richtung Ausgang. Plötzlich drehte er sich auf dem Absatz um und entdeckte Hannah auf der Bühne.

Er sah sie direkt an.

Aus seinem Mund kam ein Brüllen. Wie von jemandem, der sich in höchster Wut – und in höchster Verzweiflung – befindet.

Er nestelte an seiner Jackentasche und stürzte auf Hannah zu. Hannah sprang von der Bühne herunter und sagte: „Was machen Sie hier, Sie Vollidiot!"

Der Hund des Tätowierten sprang an seinem Herrchen vorbei auf Hannah zu und kläffte wie rasend.

Der Tätowierte hielt plötzlich einen Totschläger in der Hand. „Was ich hier mache? Was ich hier mache?!", schrie er.

Er hielt inne. Hob den Arm, ließ ihn einen Moment lang in der Schwebe. Es war der Moment, der eine Grenze markierte. Vielleicht, dachte Hannah, ist es der Moment der Entscheidung. Ich kann ihm nichts nachweisen. Ich bin hier der Eindringling.

Er kann tun, was er will.

In diesen Gedanken hinein, stoppte der Tätowierte, starrte Hannah an und machte dann entschlossen ein paar Schritte auf sie zu. Und es geschahen zwei Dinge.

Von draußen rief eine Stimme: „Hallo, wo sind Sie denn! Die halbe Stunde ist um!"

Und in Hannahs Hosentasche vibrierte ihr Smartphone wie verrückt.

Johannes Beiner versuchte, sich zu konzentrieren. Natürlich konnte er Hannah weiterhin nicht erreichen, obwohl er pausenlos anrief.

Und jetzt stiegen die Wasser.

Lotz und sein Kollege Wohlfahrt kamen angerannt.

„Ist das nicht herrlich!“, schrie Lotz. „Die Wasserschüssel läuft jetzt über! Es funktioniert! Jetzt können die Vögel kommen!“

Und Wohlfahrt war ganz atemlos. „Wir werden eine riesengroße Kontaktzone Land-Wasser haben! Eine Oase in unserer übernutzten Landschaft! Lebensraum, verstehen Sie, Herr Beiner! Natürlicher Lebensraum! Und darin werden auch die Kraniche tanzen!“

Schwälmer Tanz, dachte Beiner. *Schwälmer Tanz*!

Und er musste plötzlich unbändig lachen.

Wohlfahrt sah ihn an, als erblicke er einen Irren. „Was ist mit Ihnen!“

Lotz rief: „Sehen Sie dort, Herr Beiner! Sehen Sie doch mal da rüber!“

Beiners Blicke folgten seinem ausgestreckten Zeigefinger. Tatsächlich sah er jetzt, wie sich der Schwertzell’sche Graben vor dem herabgelassenen Schütz gestaut hatte und das Wasser sich nun seitlich in die Wiesen ausbreitete.

Lotz sagte: „Der in Vergessenheit geratene Vorgang der Wiesenbewässerung, er funktioniert tatsächlich immer noch!“

Beiner blickte über die steigende Wasseroberfläche. Die Wasser der Schwalm setzten die Reihen der Erlen unter Wasser, fluteten die Räume, die nach langwierigen Verhandlungen für die Kraniche frei geschlagen worden waren. Aus den schier endlosen Wiesen vom Loshäuser Wehr bis hin zum Flüsschen *Grenff*, und weiter Richtung Festung Ziegenhain mit seinen schon bestehenden Wassergräben, entstand unaufhaltsam ein flacher See, in dem sich die Abendsonne spiegelte.

„So wird das gemacht!“, rief Lotz und seine seeblauen Augen schimmerten verräterisch. „So und nicht anders wird das gemacht!“

Dann rannte er weiter. Wohlfahrt hinter ihm her.

„Verstehe!“, sagte Beiner. „Das ist ja nicht schwer zu verstehen.“

Und dann klingelte endlich sein Smartphone.

Und Hannah war dran.

III

Noch drei Tage ...

„Das ist alles privates Gelände! Wir haben da überhaupt keine Handhabe!“

„Ihre Ermittlungen nach dem Brandanschlag haben Sie nie bis hierhin geführt?“

„Nein, wieso denn! In dieses Anwesen führten überhaupt keine Spuren! Das war früher ein hochseriöser Versammlungsort der Sportvereine.“

„Mögliche Tatorte werden für Sie also erst dann relevant, wenn von dort aus Verbrechen bereits begangen worden sind?“

„Selbstverständlich! Was haben Sie denn für ein Verständnis von Demokratie! Die Ermittlungsbehörden können doch nicht überall herumschnüffeln, nur weil jemand einen vagen Verdacht äußerte! Wollen Sie wirklich solche Verhältnisse?“

„Verstehe! Und der Täter entschuldigt sich danach beim Opfer – und alles ist paletti!“

„Das ist Ihre Version. Unsere ist: Ein Verdacht muss begründet sein. Erst dann haben wir das Recht, tätig zu werden.“

„Ja, und jetzt? Finden Sie jetzt den Verdacht begründet, von hier aus gehe eine Gefahr für Leib und Leben anderer aus?“

„Der vorübergehend Festgenommene und ja auch zum Präsidium nach Homberg abgeführte sagt spontan aus, er habe sich durch Ihre Frau, die er nicht kannte, auf seinem Anwesen verfolgt und gefährdet gesehen. Den Besitz hier hat er mit anderen gepachtet. Wie gesagt, er besitzt ein unangefochtenes Pachtrecht. Jetzt dringt eine Fremde hier ein, observiert sein Gelände – mit welchen Motiven auch immer – und er denkt an Einbrecher, fühlt sich natürlich bedroht und schreitet zur Gegenwehr. Eindeutige Sachlage, oder?“

Johannes Beiner blickte den Ermittler skeptisch an. Meine Ahnung war also richtig, dachte er. In einem Landkrimi werden die Fälle anders gelöst. Tatsächlich irgendwie so, wie Hannah das anpackte.

„Und jetzt?“, wiederholte Beiner. Zu eloquenteren Sätzen war er gerade nicht in der Lage.

Ermittlungsleiter Lainer aus der Kreisstadt wendete sich an Hannah. Er setzte ein betont strenges Gesicht auf.

„Wir werden sehen, ob man Sie belangen kann. Wir werden Sie vorerst gehen lassen. Vorladungen ins Präsidium behalten wir uns jederzeit vor. Jedenfalls –

keine Extravaganzen mehr! Sie fahren nach Offenbach zurück, dorthin wo Sie angemeldet sind. Und Sie halten sich jederzeit zu unserer Verfügung! Reisen sind vorher von uns zu genehmigen. Das ist das Äußerste an gesetzlichem Spielraum, den ich einräumen kann, ohne Sie ernsthafter zu belangen. Verstehen Sie das?“

Hannah nickte widerspenstig – aber auch ein bisschen schuldbewusst. Sie murmelte etwas Unverständliches und schlug die Augen nieder. Beiner war sich im Moment nicht sicher, welche Art Hannah er lieber mochte.

Der Taxifahrer hatte noch an seinem Wagen die Polizei angerufen. Er hatte den Tätowierten, der seinen Totschläger weggeworfen hatte und überhaupt kein Schuldbewusstsein besaß, in ein Gespräch in dessen Sinne verwickelt und dafür gesorgt, dass der Mann nicht flüchtete. Die schnell eintreffende Polizei hatte den Tätowierten und Hannah am Tatort festgehalten und Beiner mit einem anderen Einsatzwagen aus Loshausen dorthin eskortiert. Nach dem Tatprotokoll fuhr die Polizei sie jetzt zurück nach Willingshausen. Dort wurden sie mit Ermahnungen und einigen Direktiven entlassen. Als sie in Beiners Unterkunft allein waren, war Beiners Standpauke für Hannah natürlich unumgänglich. Hannah blieb kleinlaut, blickte zu Boden und wagte nur hin und wieder, aus gesenkten Augen ihren Mann anzublicken.

Beiner umarmte und wiegte sie.

„Ich bin ja nur froh, dass dir nichts passiert ist, Hannah“, sagte Beiner leise.

„Ja", sagte Hannah.

„Mach das nie wieder", sagte Beiner. „Versprichst du das?"

„Im Moment verspreche ich dir alles", sagte Hannah.

„Es hätte anders enden können! – Aber dieser Ermittlertyp geht einem schon auf den Keks mit seiner betulichen Obrigkeitsnummer. Andrerseits können wir froh sein, dass sie rechtzeitig gekommen sind. Und haben sie nicht recht?"

„Die tun nichts, glaub mir! Und warum nicht? Die stehen alle irgendwie auf derselben Seite!"

„Mach langsam, Hannah! Sie wollen sich für ihre Ermittlungen eben alle Möglichkeiten offen halten."

„Es kann nicht sein, Johannes, dass rabiate Bauern dich aufsuchen und bedrohen, und dann brennst du *in effigie* und dein Wohnhaus brennt auch – und das Ganze wird unter Landlust abgebucht. Oder wie?"

„Du hast ja recht ..."

„Warum setzt man die nicht fest!"

„Den Tätowierten haben sie ja. Beim Rest offenbar kein Straftatbestand. Sippenhaft ist abgeschafft."

„Und wenn ich mal irgendwo rumtappe, dann rollt gleich der ganze Apparat an!"

Es klingelte an der Haustür. Rosskopf besuchte sie. Beiner ließ ihn hochkommen.

„Alles klar bei euch?", fragte er besorgt.

„Ja, ja! Aber ich weiß ehrlich gesagt nicht, wie die Faktenlage ist", gestand Beiner. „Man erfährt ja nichts. Die Ermittlungsbehörden schotten sich ab. Das führt dann zu solchen Kamikaze-Aktionen wie die von Hannah."

„Ja, unbefriedigend“, ließ sich Rosskopf zweideutig vernehmen.

„Was wissen Sie Neues?“, fragte Beiner.

„Die Behörden verhören immer noch den Festgenommenen. Außerdem haben sie ein paar Burschenschaftler im Visier, das erzählte mir vorhin einer der Polizisten. Übrigens – man wollte Ihnen doch einen Posten vor die Tür stellen, oder? Ich sehe keinen.“

„Jeder kann rein- und rausspazieren, Tag und Nacht!“, sagte Hannah mit anklagender, aber matter Stimme.

„Es war einer hier, den haben sie aber wohl wieder abgezogen“, sagte Beiner. „Ich treffe mich nachher mit dem Bürgermeister, ich werde ihn darauf ansprechen. Und er will mir endlich was über das ominöse *Greifenhain* erzählen. Es ist wie in Grimms Märchen.“

„Tja, wir sind eben im *Rotkäppchenland*!“

„*Wolfland*-Schwalm, mein Lieber! *Wolfland*-Schwalm!“

„Na, jedenfalls bin ich gespannt! Berichten Sie mir von Ihrem Treffen mit dem Bürgermeister?“

„Misstrauen Sie ihm?“

„Nein! Gott bewahre! Aber jeder Politiker erzählt dir doch das, was ihm gerade nützt – und das andere lässt er weg.“

„Jedenfalls – die Wasser sind da!“, sagte Beiner.

„Da, wo sie hingehören. Und die Kraniche können kommen“, ergänzte Rosskopf betont munter.

„Das ist mir im Moment schnurzegal“, meinte Hannah. „Helfen Sie mir dabei, lieber Rosskopf, diesen sturköpfigen Johannes Beiner nach Hause zu bringen!“

Rosskopf blickte beide freundschaftlich an und schüttelte den Kopf.

„Das muss er selber wissen, Hannah. Und ich kann ihn ja nicht ermuntern, seinen gültigen Vertrag zu brechen – den ich mit entworfen habe.“

„Ich weiß nicht“, sagte Hannah und reckte sich, „ihr Kerle seid doch irgendwie wie vom Mars. Hier geht es um die Sicherheit eines Menschen – da spielen doch bürokratische Überlegungen keine Rolle!“

„Dafür ist die Polizei zuständig. Polizei – verstehen Sie? Die gibt es ja tatsächlich! Sie muss den Bürger Johannes Beiner schützen!“

„Ach du lieber Gott! Das tut sie aber nicht!“

„Lass doch, Hannah“, griff Beiner ein. „Wo schon alle zerstritten sind, müssen wir nicht auch noch untereinander streiten.“

„Das macht mich alles verrückt!“, gestand Hannah.

Im Ort schien alles ruhig zu sein. Die Menschen gingen ihrer gewohnten Beschäftigung nach. Hin und wieder sah Beiner jemanden, der stehen blieb und seinen Blick zum Himmel richtete. Es war März – wo blieben die Kraniche in diesem Jahr ...

Es kam Johannes Beiner so vor, als gingen die Menschen langsamer als sonst. Auch die Kinder sprangen seltsam überlegt herum, als stünden sie unter einer besonderen, strengen Beobachtung. Die alten Frauen waren mit ihrer Tracht herausgeputzt, die jungen Mädchen trugen den roten Schnatz auf dem Kopf, so als wollte sich jeder wieder an die guten, alten Zeiten erinnern. Oder die schlechten, neuen Zeiten mit alten Werten bannen.

Wie in einem beschwörenden Ritual.

Jeder schien irgendeinen Halt zu suchen.

Von den Ermittlungsbehörden in Homberg/Efze kam eine Vorladung für Beiner und ein Datum für die späteste Abreise Hannahs nach Offenbach. Bei Missachtung wurden hohe Bußgelder angekündigt.

Als Beiner die Straße überquerte, kam ein großwüchsiger, auffällig dünner Mann von alterslosem Aussehen die Straße herunter. Beiner konnte ihm gerade noch ausweichen, sonst hätte der Mann ihn angefahren mit seinem Schubkarren, der übervoll mit frisch geschnittenem, duftendem Gras für die *Silage* war. Er schrie: *Herr Rosskopf! Gras zum Fressen! Schweine!* Am Ende der Straße verschwand er wieder und Beiner ging weiter in Richtung Bürgermeisterei.

Vor einer Stunde hatte er noch einmal die Überflutungsgebiete bei Loshausen aufgesucht. Von der ästhetischen Seite her, stellte sich ihm das Paradies dar. Aber von der sozialen Seite her, würde es wohl endlose Probleme geben. Das hatte er begriffen, als plötzlich ein Auto hinter ihm herfuhr, die schmale, landwirtschaftlich genutzte Straße zum Wehr hinunter. Beiner stellte sein Auto ab und musste zwei Radfahrer vorbeilassen, die jetzt mit braunen Papiertüten bewaffnet zum Wehr gingen.

Hinter ihm war jemand in halblangen Freizeithosen aus dem Auto ausgestiegen. Ein braungebrannter Mann, der mit betont selbstgefälliger Stimme „Hallo, Sie da!“, rief.

„Ja?“, sagte Beiner.

„Wollen Sie hier angeln? Wenn ja, warne ich Sie. Der Besitzer des Geländes kommt mit Bluthunden. Sie sehen ja, er hat schon alles mit Elektrodraht eingezäunt. Der ist ganz rabiat.“

„Ich will nicht angeln.“

„Hier feiern Leute Partys, dann auch noch die Trinker, wie die zwei Experten da vorn. Und dann die Angler, das ist zu viel.“

„Ich will nicht angeln“, wiederholte Beiner.

„Ich sag' s nur. Wegen der Warnung.“

„Und wer sind Sie?“

„Ich bin vom örtlichen Anglerverband. Hier sind die Zuständigkeiten klar geregelt. Sehen Sie mal da rüber.“

Beiner war seiner ausgestreckten Hand gefolgt. Er sah, dass in mehreren hundert Metern Entfernung, beim Graben, den das Flüsschen *Grenff* bildete, ein Mann vor seinem Auto stand, der sie mit dem Fernglas unverwandt beobachtete.

„Sie haben Glück, dass er Sie noch nicht angegangen hat! Hier wurden schon Leute niedergeschlagen!“

„Wer ist der Mann?“

„Der Grundbesitzer eines Teils der Wiesen mit den Büschen hier. Hier gehört ja jeder Quadratmeter irgendwem.“

„Jeder verteidigt eben seine private Erle so gut wie er kann“, sagte Beiner.

„Wie? – Ach so, ja, gewissermaßen!“

„Wenn hier also jeder Quadratmeter streng bewacht wird, wie soll das unter diesen Umständen gehen mit den Wässerungswiesen“, schüttelte Beiner den Kopf. „Das gibt doch Mord und Totschlag.“

Der Mann vom Anglerverband stellte sich zurecht. „Haben Sie denn ein Interesse daran?“

Beiner stellte sich und sein Anliegen vor.

„So, so, aha! Man muss den Landwirten eben klarmachen, dass die Wässerung auch ihnen nützt.“

„Ich hoffte eigentlich, das sei längst geschehen ...“

Der Mann zuckte die Schultern. „Es werden ja wertvolle Nährstoffe abgelagert; wenn die Wässer wieder einsickern, bleibt ein reich gesättigter Boden zurück – sie müssen nicht mehr düngen, Gülle und Gift aufbringen.“

Beiner nickte. „Das kapieren die meisten Landwirte inzwischen – aber nicht alle. Und die sind das Problem.“

„Da sind Sturköpfe dabei! Das kann ich ihnen sagen! Die wollen einfach nichts einsehen, egal, was es ist! Die sind sogar gegen ihren eigenen Vorteil verbohrt. Die lassen sich einfach nichts sagen, die marschieren durch!“

„Dann entwickelt sich schnell ein zünftiger Landkrimi!“, sagte Beiner.

Der Angler lachte. „Vielleicht. Ich wollte Sie nur warnen!“

Beiner ging zu seinem Auto, blickte noch einmal hinüber zu dem Beobachter in der Ferne, der sich nicht gerührt hatte und fuhr zurück.

Der Bürgermeister empfing ihn schon vor seinem Büro. Er war wie immer korrekt gekleidet über seiner großen und stattlichen Erscheinung. Er wies seinem Besucher einen Platz am Konferenztisch zu, ließ eine Karaffe mit Wasser bringen und sagte: „Bier darf ich Ihnen leider nicht anbieten."

„Wasser tut es auch, im Moment ist ja Wasser wichtiger."

„Wir brauchen die Kraniche", sagte der Bürgermeister. „Dann wird hier hoffentlich alles friedlicher. Ich glaube fest daran. So wie es ist, kann es nicht bleiben."

Beiner hatte das jüngst schon als Wahlkampfslogan gehört, der Bürgermeister blickte ihn aber so herzlich und zugewandt an, dass er ihm verzieh.

„Greifenhain, Herr Bürgermeister. Das spukt hier herum. Was hat es damit auf sich. Sie wollten mich darüber aufklären."

Der Bürgermeister stand auf, ging zur Tür und vergewisserte sich, dass sie geschlossen war. Dann sagte er: „Kann ich, lieber Herr Beiner, kann ich. Um die Menschen hier besser zu verstehen, müssen Sie wissen, dass man eines gar nicht mag, nämlich das Beharren auf der Vergangenheit. Alles soll in der Gegenwart spielen, verstehen Sie, Erinnerungen sind verpönt ..."

„Aber draußen laufen Menschen in alter Tracht herum – das ist doch ein Widerspruch!"

„Nur scheinbar. Die Menschen wollen zeigen, dass

man nicht in die Vergangenheit zurück muss, um Tracht anzulegen. Die Tracht ist ein Teil des heutigen Alltags, verstehen Sie!“

„Und außerdem reden sie dauernd davon, in eine Vergangenheit zurückzuwollen, in der alles gut war, weil die Zugvögel hier rasteten!“

„Daran interessiert die Menschen in Wahrheit nur, dass sie daraus Gegenwart machen wollen, die ganz und gar ihnen gehört!“

„Meinen Sie wirklich?“, blieb Beiner skeptisch. „Das klingt kompliziert.“

„Glauben Sie denn, Landbewohner seien weniger kompliziert als Stadtbewohner? Davon können Sie sich verabschieden.“

„Man lernt nie aus“, lachte Beiner.

„Was die Kraniche betrifft, sie stehen für die Harmonie, die wir heutzutage dringender denn je brauchen – deshalb müssen wir sie unbedingt ins Hier und Heute zurückholen. Ein Stück reiner Natur, das sich in unserer Welt der pragmatischen Geschäfte niederlässt – phantastisch!“

„Kann so sein ...“

„Ich wollte Ihnen aber nicht vorenthalten, dass für einige Menschen hier die Vögel für etwas ganz anderes stehen.“

„Ja, das hörte ich schon. Ich hörte das bereits im Gasthaus von Merzhausen – vor allem von Bauer Heinrich, aber auch von anderen.“

„Heinrich Heilmann? Ein schwieriger Mensch. Äußerst labil, obwohl man es ihm nicht ansieht, sofort fast krankhaft tödlich beleidigt. Mit dem könnten Sie es noch zu tun kriegen! Er hat gewissermaßen einen Kranichtick – aber im negativen Sinne. Dafür hat er aber auch allen Grund. Aber lassen wir das mal im Moment ..."

„Was, um Gottes willen, ist denn nun dieses *ganz Andere*!"

„Für einige Menschen in der Region stehen die Kraniche für die Rückkehr des Bösen. Ja, ja, lassen Sie es mich ruhig so dramatisch ausdrücken! Für die Rückkehr des Bösen!"

„Rasteten die Kraniche hier in der Nazizeit? Und niemand will daran erinnert werden – mit all den Lagern, den Zwangsarbeitern auf den Feldern, den Erschießungskommandos und Massengräbern? Oder was?"

„Nein, damit hat es nichts zu tun. Obwohl vieles damit zu tun hat – aber nicht in diesem Fall. Nein. Es hat mit etwas zu tun, was viele Menschen unserer schönen Region als Fluch empfinden. Und da sind wir bei *Greifenhain*."

Na endlich, dachte Beiner.

„Wir sind ein kleiner Ort. Wir kennen uns alle. Das ist gefährlich. Irgendwann will man sich nicht mehr kennen. – Aber man kann nicht aussteigen, alles hat mit allem zu tun. Da kann schon mal einer durchdrehen."

„Und das geschah in Greifenhain?"

„Gewissermaßen, ja. Aber das trifft auch für andere Orte zu. In Greifenhain kam noch etwas hinzu."

„Lieber Herr Bürgermeister, ich wähle Sie nicht, wenn Sie nicht sofort zur Pointe kommen."

„Sie wählen mich sowieso nicht, Herr Beiner. Sie stehen nicht im Wählerverzeichnis. Also ..."

„War auch nur gleichnishaft gedacht."

„Die Fakten sind die folgenden ..."

Es klopfte an der Bürotür. Ein noch junger, nicht großer Mann von äußerst wohlgefälligem Äußeren trat ein. Er lächelte nach allen Seiten. Sein glattes, freundliches Gesicht mit dem wie am Reißbrett entworfenen Drei-Tage-Bart und der entsprechenden Frisur, war gebräunt, aber dezent, so wie es auf dem Land schicklich war, wenn man nicht das Feld bestellte. Er entschuldigte sich und sagte zum Bürgermeister: „Gerade kommt die Nachricht, auf die du schon wartest ..."

„Ich komme kurz mit raus", sagte der Bürgermeister und nickte Beiner zu.

Beiner fasste sich in Geduld, verdrehte aber übermäßig die Augen. Er blickte durch die großen, bodentiefen Fenster nach draußen in den Ort. Die Straßen waren leer. Und auch der helle, milchige Himmel war leer. Keine Kraniche. Beiner beschloss, später im Kranichzentrum Groß Mohrdorf anzurufen. Dort, in Mecklenburg-Vorpommern, wusste der engagierte Leiter genau, wie es um die Zugvögel stand. Und er hatte ihm auch schon gesagt, wann sie in der Schwalm zu erwarten waren. Jetzt fehlte nur noch der genaue Ankunftstag.

Der Bürgermeister erschien wieder. Er erklärte mit einer Geste nach draußen: „Der Kandidat für eine anstehende Wahl. Der exakte Wahltermin steht jetzt endlich fest. – Wo waren wir stehen geblieben?"

„Greifenhain, Herr Bürgermeister! Immer noch Greifenhain."

„Stellen Sie sich vor, es gab eine Zeit, da behaupteten die Menschen in unserer Region, die höllischen Wölfe seien zurückgekehrt. Seitdem nennen einige Leute unser schönes Land *Wolfland*-Schwalm …"

„So wie ich es tue …"

„… das hatte zu tun mit dem Einfall von realen Wölfen aus dem thüringischen Osten, ganz bestimmt, aber noch viel mehr mit einem wachsenden Unglauben. Die Menschen vertrauten niemandem mehr, sie ersetzten ihren realen Alltag durch falsche, düstere Erzählungen; wirre Träume ersetzten die Tatsachen …"

„Das ist bei mir zum Glück nicht der Fall. Aber jedenfalls kam wohl ein dunkler Märchenton wie bei den Grimms ins Spiel …"

„Wenn sie so wollen! Und dann …"

Der Bürgermeister stockte. Über dem Gemeindehaus war ein Dröhnen entstanden. Der Bürgermeister zeigte nach oben. „Es ist Montag. Manöverzeit mit Kampfhubschraubern von Fritzlar her."

„Bei dem Getöse werden keine Kraniche landen", sagte Beiner.

„Da könnten Sie sogar recht haben. Aber ich kann die Bundeswehr natürlich nicht bitten, die Übungsflüge ausfallen zu lassen, weil …"

„Tatsächlich? Warum nicht?"

„Herr Beiner! Wirklich! Das läge doch gar nicht in meiner Kompetenz!"

„Davon mal abgesehen – sind die Zugvögel, nachhaltig gesehen, nicht viel wichtiger, als ein paar Flugstunden von Nachwuchskriegern?“

„Sind Sie Pazifist?“

„Nein, Besserwisser. Erzählen Sie weiter!“

„Ich sprach vom Jahr 1839. In diesem Jahr ging alles drunter und drüber. Und daran erinnern sich die Menschen von heute noch ganz genau – durch Erzählungen, die von Generation zu Generation weitergegeben wurden und inzwischen etwas wie gegenwärtige Tatsachen sind.“

„Das Leben ist eine Erzählung. Und wir lauschen gebannt“, sagte Beiner leise.

„Sehen Sie! Unterschätzen wir das nicht! Das Leben handelt von Erzählungen – von guten und bösen Erzählungen!“

„Wem sagen Sie das“, lächelte Beiner.

„In jenem Jahr jedenfalls, so erzählt man bei uns, weinte der Himmel. Es regnete sommers wie winters, so als sei die göttliche Regel der Jahreszeiten außer Kraft gesetzt. Als wenn dies nicht schon genug entsetzt hätte, fielen nun auch die Ernten aus. Und tote Vögel stürzten vom Himmel. Krähen, Raben, die großen Elstern. Und vor allem Zugvögel. Zu den Kranichen, die schon in großen Mengen auf den Wiesen rasteten, kamen jetzt Tausende von fremden Kranichen dazu, ganze Heerscharen! So berichtete man es ...“

„Das könnte eher der Originalton des Pfarrers sein, der aus den apokalyptischen Texten vorliest, als der des obersten Politikers dieser Gemeinde, der sich auf seriöse Quellen bezieht!“

„Wir leben im Grimmland. Hier machen die Menschen nicht immer einen Unterschied zwischen Märchenton und Alltagsrealität. Vernunft ist nicht immer gewollt. Es gibt eine große Empfänglichkeit für märchenhaftes Geraune! Das müsste Ihnen doch gut gefallen!“

„Und es geht immer wieder um Erinnerungen ...“

„Damals, als die Märchen entstanden, machte man diesen Unterschied schon gleich gar nicht. Auch jede Sage fußt ja auf einem realen Kern. Die lang andauernde Reise der Gedanken überlebt die Jahrhunderte und Zeiten, man sieht sie nicht, aber sie sind da.“

„Vergangenheit, die in allen Menschen präsent ist – und vor der sie gleichzeitig Angst haben – jetzt verstehe ich die Abneigung gegen die alten Zeiten besser.“

„Das ist natürlich irrational.“

„Absolut! Aber auch verständlich. Denn das Irrationale ist ja ein Bestandteil unserer Realität – wenn auch ein unterschätzter!“

„Ich spreche also vom Jahr 1839, nur damit Sie das noch einmal einordnen können. Es war die dreihundertjährige Wiederkehr der Einführung von Kirchenzucht und strenger Landordnung in Nordhessen. Die Obrigkeit beklagte, dass die Altvorderen nicht genug daran gesetzt hatten, das Gute in der Welt zu verfestigen. Hatte ihr Glaube nicht nachhaltig genug gewirkt? Oder waren sie, ohne es zu wissen, schuldig geworden? Es schien jedenfalls an der Zeit, die Dinge wieder ins Lot zu bringen. Denn Landauf, Landab zeigten sich die, die alles ins Unreine zogen. Darunter litten die Gemeinden, wohin man auch schaute …“

„Greifenhain, Herr Bürgermeister!“

„In Greifenhain lebte damals ein Kirchenmann. Er wurde in jenem Jahr umgebracht. Man nagelte ihn ans Kreuz. Ein Fall von Selbstjustiz, verstehen Sie? Schreckliche Geschichte! Das ganze schöne Land muss vor Entsetzen erstarrt gewesen sein! In den Tagen, als alle Wiesen des Landkreises mit gelandeten, schwarzen Vögeln überfüllt waren, die schrien und auf irgendetwas warteten – in diesen Tagen, geschah dieses Verbrechen an einem rechtschaffenen Mann.“

„Vielleicht hatten die Vögel auf dieses lang angekündigte Verbrechen gewartet …“

„Wie bitte?!“

„… oder es sogar, aber nein, hören wir auf …“

„Was meinen Sie bloß?”

„Die schwarzen, schreienden Vögel waren gelandet, um dieses Verbrechen sogar – vorzubereiten …“

„Absurd, Herr Beiner! – Aber vielleicht empfanden es viele Einheimische so! Ja, das ist absurd, aber wer weiß … Jedenfalls ist die Erinnerung an diesen Mord in unserer friedlichen Region bis heute lebendig geblieben. Man schüttelt sich bis heute davor, sobald die Erinnerung geweckt wird.“

„Tatsächlich wie in einem bösen Märchen“, entfuhr es Beiner.

„Ja, aber es passierte tatsächlich.“

„Wurde die Sache aufgeklärt – die Täter dingfest gemacht?“

„Nein. Und das ist das Schlimmste. Wenn eine solche Gewalttat an einem Mann der Kirche unverfolgt und ungesühnt bleibt, also quasi immer weiter virulent bleibt, durch die Zeiten hindurch am Leben bleibt – das ist schlimm. Das lähmt die Menschen. Das ist in diesem Fall noch verständlicher, weil der Ermordete ein evangelischer Pfarrer war und Nachkommen hatte ...“

„Die diese Untat durch Erzählungen sozusagen am Leben hielten.“

„Durch ihre bloße Existenz!“

„Noch dramatischer!“

„Ja, aber lassen wir das. Das ist in unserer Region ein besonderes Kapitel.“

„Was geschah mit dem Wohnort des Mordopfers? Ich könnte mir denken, dass ...“

„Das Anwesen steht ja mitten im Wald, man nutzte es als Herberge. Immer wieder wohnten unterschiedliche Wirte mit ihren Familien dort, und bis vor Kurzem galt es in alternativen Kreisen als chic, in solcher Einfachheit und Einsamkeit zu übernachten. Oder dort Seminare anzubieten. Dann kam Corona. Jetzt ist es stillgelegt – es führen ja keine nennenswerten Wege oder Wanderwege dort vorbei, mit dem Auto kommt man kaum dorthin, wegen der Schlaglöcher. Touristisch kaum nutzbar, wenn man nicht groß investiert.“

„Und was war damals mit den Vögeln?“

„Die Vögel auf den Wiesen rührten sich nicht. Tagelang. Wochenlang, wie man berichtete. Keine Anzeichen, dass sie jemals weiterfliegen wollten. Man überlegte sich schon drakonische Maßnahmen. Und die Sonne verschwand tatsächlich tagelang, womöglich wochenlang hinter düsteren Wolken."

„Und Sie meinen, an dieses Szenario denken die Menschen von heute, wenn wir sie an die Kraniche erinnern?"

„Es scheint so, ja. Vor allem denken einige bestimmte Menschen daran. Aber darauf möchte ich nicht eingehen. Das stört den Frieden in dieser Region."

„Dann kann ich hier einpacken", sagte Beiner leise.

„Geben Sie nicht auf! Wir leben heute!"

„Nein, Herr Bürgermeister. Wir leben nicht heute!"

„Was meinen Sie, um Gottes willen?!"

„Man sieht uns heute. Aber wir leben in der Vergangenheit, glauben Sie mir! Sie selbst haben es mir gerade bestätigt, vielleicht, ohne es zu wollen. Das lange Leben der Gefühle und Erinnerungen setzt sich am Ende immer durch. Da können wir gar nichts machen."

„Heute mögen Sie es kryptisch, was?"

„Egal! Dann fahre ich jedenfalls am besten zusammen mit Hannah zurück nach Hause. Auftrag gescheitert."

Beiner musste durchschnaufen.

Obwohl die düstere Geschichte des Bürgermeisters ja nur die eine Hälfte des Themas *Kraniche* betraf, und die andere mit Glück, Sonnenschein und Sehnsüchten zu tun hatte, war Beiner sehr beeindruckt. Irgendwie kam der Ort ihm nach den Erzählungen des Bürgermeisters verändert vor. Er hätte diesen Eindruck aber nicht in Worte fassen können. Es hatte jedenfalls zu tun mit der plötzlichen Gegenwart von etwas Anderem. Vielleicht war es das, wovon hier direkt oder indirekt alle ständig sprachen. Etwas Ungreifbares, aber Anwesendes.

Wenn man dieses *Ominöse* nur packen könnte!

Beiner hatte jetzt richtiggehend Sehnsucht nach seiner Klasse von vernünftigen, durch und durch an erzählbaren Tatsachen orientierten Schülern und Schülerinnen.

Aber er musste sich um Hannah kümmern. Hannah war jetzt die wichtigste Person. Aber dass er seinen Auftrag in *Wolfland*-Schwalm kurzerhand abbrach – dieser Gedanke war von Panik diktiert gewesen. Nein, die Geschichte, die ihm der Bürgermeister erzählt hatte, von düsterem Geschehen, obskurem Denken und vollzogener Strafe an einer unschuldigen Person, die erfüllte ihn mit Trotz. So konnte man Fälle nicht klären. Weder damals noch heute, weder hier noch irgendwo. Dieser Landkrimi sollte sich, solange er noch mit im Spiel war, nicht wiederholen!

Die Vernunft musste siegen!

Düstere Märchen gehörten in die Erinnerung!

Schon allein deshalb wollte er für die Rückkehr der Kraniche im hellen Sonnenlicht sorgen!

Die Menschen sollten sehen, dass die Vögel nur Gutes brachten!

Hannah packte bereits. Sie legte gerade ihr Sommerkleid in den Koffer. Sie sah erhitzt aus. Beiner umfasste sie.

„Lass uns spazieren gehen“, schlug er vor. „Es sind schöne Tage draußen. Und ich habe das Bedürfnis, einfach mit dir zu plaudern.“

„Ich ahne schon – du wirst hierbleiben. Nicht wahr?“

„Du kennst mich, wie niemand sonst!“

„Ich kann dich nicht umstimmen?“

„Wahrscheinlich nicht.“

„Gut. Gehen wir spazieren“, seufzte Hannah. „Ich brauche sowieso gerade Natur, im Moment nichts weiter als Natur!“

Beiner war Hannah unendlich dankbar.

Natürlich gab es solche Stimmungen nur auf dem Land. Und das auch noch in Beiners Lieblingsmonat März. Er spürte, deshalb war er hier. Die Sonne stand schon schräg und schien noch warm über der allmählich Farbe annehmenden Landschaft. Die Welt, fand Beiner, als sie das Haus verlassen hatten, bestand aus wenig Frühlingsfarben. Der Himmel, obschon deutlich zu sehen, schrumpfte zusammen. Wie in einem Mosaik kam auf seiner noch blassen Winterfläche ein Teilchen bunter Frühlingsfarbe nach dem anderen dazu, hineingesetzt von einer unsichtbaren Hand.

Hannah und Johannes gingen eng umschlungen durch diese Schönheit. Sie merkten, wie gut es ihnen tat. Am Ortsrand durchquerten sie noch ein Waldstück. So viel Harmonie ist pures Glück, dachte Beiner. Wenn seine Blicke eine Lücke durch die dichter werdenden Formen der Baumkronen fanden, endeten sie vor dem Wind, der die Bäume bewegte. Der dichter werdende Frühling umschloss sie ganz und gar. Und er fühlte sich in diesem Augenblick, trotz aller Zweifel, glücklich und geborgen.

„Wäre es doch immer so“, seufzte Hannah. „Diese ewigen Kämpfe, ich bin sie so leid. Auch auf dem Land ist es nicht einfacher ...“

„Manchmal ist man selbst daran Schuld.“

Sofort löste sich Hannah von ihrem Mann und blickte ihn streng an.

„War das etwa gegen mich gerichtet?“

„Nein“, sagte er, „ganz und gar nicht. – Wenn du willst, war es gegen mich selbst gerichtet.“

„Immerhin ...“

„Sei nicht so empfindlich, wir haben ja nun schon eine Trennung hinter uns – aus diesen Gründen.“

„Ich höre bei dir immer einen Vorwurf heraus!“

„Davon bin ich weit entfernt, Hannah. Ich will Frieden zwischen uns. Ich brauche Stabilität.“

„Weiß Gott, ich auch.“

Sie gingen weiter. Das Wetter blieb mild, die Luft duftete.

Hannah sagte: „Ich habe mich vorhin erinnert an eine Zeit zwischen uns, die vollkommen war. Einfach nur vollkommen. Weißt du, was ich meine? Das hatte auch mit Sex zu tun, natürlich. Mit diesem seligen Einswerden. Aber daneben auch mit einer gedanklichen Übereinstimmung. Es passte kein Blatt zwischen uns.“

„Es war ein Geschenk. Ich habe es auch immer so empfunden – aber meistens erst hinterher ...“

„Als ich dich kennenlernte, habe ich alles vergessen, was vorher war. Und da war ja durchaus einiges, wie du weißt. Aber ich wollte nicht, dass irgendetwas unser Glück stört."

„Ich habe das vielleicht nicht genug zu schätzen gewusst."

„Es ist auch gefährlich", überlegte Hannah. „Man gibt zu viel von sich auf."

„Man muss von sich abgeben, sonst wird das nichts", meinte Beiner.

„Ja. Aber vielleicht ist es besser, gerade an dem festzuhalten, was trotz des unbedingt Notwendigen auch noch da ist. Die Portion Extra."

„Die einen sagen so, die anderen sagen so", lachte Beiner.

„Ich dachte, du stimmst mir zu, du bist doch der Profiler!"

„Denken Profiler so, dass das nicht unbedingt Notwendige das eigentlich Interessante ist?"

„Na klar! Und dann packen sie den Täter an den – überflüssigen Verhaltensweisen."

Sie blieben stehen und schauten. In manchen Senken stieg bereits Nebel auf. Die Landschaft bestand aus Wellen von Anhöhen und kleinen Tälern, durch die Hohlwege führten, an Obstwiesen vorbei, auf denen einsame Pferde grasten. Eine enge Welt, die sich aber jäh weiten konnte und Blicke über gestaffelte Hügelketten zuließ; in der Ferne verblassten die Berge.

Beiner verspürte Lust, sich auf eine Bank am Wegesrand zu setzen und mit seiner Frau zu reden. Im Moment schien das möglich. Die Beine übereinandergeschlagen, bequem zurückgelehnt, viel Zeit auf ihrer Seite, sein Arm auf ihren Schultern. Das waren kostbare Momente. Er rutschte näher, er hatte das Bedürfnis zu reden. Ein Reh durchbrach den Waldrand, es gab viel Wild hier. Hannah erschrak, musste dann aber lachen, sie war gerade besonders schreckhaft – war das ein Wunder?

„Komm mit nach Hause!“, flehte sie.

„Aber schau doch! Ist es nicht wunderschön hier – dieses schöne Land!“

„Du passt nicht hierher! Lass die Leute doch in Ruhe! Lass sie ihre Angelegenheiten selber regeln! Was geht es dich an! Du wirst sie nie erreichen – und sie dich auch nie!“

Beiner wollte das nicht wirklich hören. „Ich könnte bei den Behörden bewirken, vielleicht mit einer Empfehlung des Bürgermeisters, dass du hierbleiben kannst. Mit dir an meiner Seite kann ich sehr wohl etwas ausrichten! Wir könnten zusammen diesen Lenz genießen. Offenbach erwartet uns noch früh genug – mit seinem Schmuddelwetter rund um den Bieberer Berg!“

„Du weißt, es geht nicht ums Wetter, Johannes! Hier ist doch etwas Ungutes im Spiel! Das spürst du doch auch! Du bist ja der hauptsächlich Betroffene!“

„Ich verspreche dir, ich bleibe nur noch bis die Kraniche landen. Es kann nicht mehr lange dauern. Vielleicht geschieht es schon morgen, vielleicht in einer Woche. Ich glaube jedenfalls fest daran, dass sie landen. Die neuen Wässerungswiesen am Loshäuser Wehr sind zu verlockend, das sehen die Vögel von oben. So was gibt es in der Mitte Deutschlands nicht noch mal. Dann komme ich nach Hause."

Seine Blicke wanderten über ihr vertrautes, liebes Gesicht. Nein, Hannah war keine egoistische Emanze, auch wenn sie ihm manchmal fremd wurde, weil sie so redete. Sie war in Sorge um ihn, das konnte er erkennen. Sie waren sich doch schon so oft so nahe gewesen, das konnte ihnen niemand nehmen – und sie kannten beide den Weg zurück aus jeder Krise. Etwas in ihnen führte sie immer auf den richtigen Weg zurück.

Als sie weitergingen, kam ein Hügel in Sicht, dessen rotbraune Erde wie ein Wall wirkte, die Natur war rundum auf engstem Raum so abwechslungsreich. Rechts und links des Hohlweges, durch den sie jetzt gingen, standen Dornenhecken, Schlehenbüsche und Hagebuttensträucher, für jeden äußeren Feind undurchdringlich.

Für die inneren Feinde sorgen wir selbst, dachte Beiner.

Aber solche Gedanken waren jetzt nicht angebracht. In Momenten wie diesen wollte er keine künstlichen Probleme konstruieren.

Sie gingen noch eine Weile weiter. Das schöne Land spendete ihnen Trost.

Leuchtende Texte in glühenden Farben mussten geschrieben werden! Beiner spornte seine Schüler an. Es ging jetzt nicht mehr nur um die Rückkehr der Kraniche, sondern auch um die Feier des schönen Landes. Die Vorteile des Lebens auf dem Land warteten darauf, geschildert zu werden. Denn das Land strotzte mit seinen Angeboten.

Obwohl hier gleichzeitig so viel im Argen lag und zu tun war.

Alles, was aus dem Gleichgewicht war, musste wieder ins Lot kommen. Dafür musste alles getan werden – und auch sie selbst mussten dafür ihre Aufgaben erfüllen. Und dann würden auch die Zugvögel ihren natürlichen Platz einnehmen. Beiner war fest davon überzeugt, dass die Vögel spürten, wenn bei den Menschen alles in Ordnung war. Dann kamen sie.

Traudi kam seinen Anforderungen entgegen. Sie las der Klasse einen gerade entstandenen Text vor. Er lautete so:

Wenn ich zu meinem Schreibtisch will, um Geschichten aufzuschreiben, habe ich einen schönen Weg vor mir. Ich verlasse mein Haus, gehe einen federnden Weg entlang über Quellen an duftenden Nadelhölzern vorbei, passiere das alte Backhaus aus Fachwerk, steige über ausgetretene Natursteine empor, vorbei am kreisrunden Teich, auf dem die Wasserlinsen in den ersten Sonnenstrahlen leuchten, vorbei am geborstenen Stamm der gestürzten Fichte, der zum Wohnort für Insekten und Kleintiere geworden ist. Auf halber Höhe begegnen mir Eichhörnchen, Katzen und Vögel im Gehölz. Oben öffnet sich der Himmel weit, Jungstuten und Fohlen weiden auf der Wiese zwischen Kirschbäumen, darüber der rote Milan mit seiner ständigen Begleiterin – Milane sind treu. Ich gehe an Birnbäumen, Obstbäumen, Pflaumenbäumen vorbei, an Holunderbüschen und Mirabellenbüschen und an dem jungen Quittenbaum, den ich bei meinem Einzug pflanzte; er trägt inzwischen sieben gelbe Früchte. Ich erreiche meinen Arbeitsplatz, einen Wohnwagen, trete ein, schließe die Tür hinter mir und schalte den Computer ein. Die Textur des Tages ist bereit, alle Bücher und unschuldigen Papiere winken mir zu. Ich beginne zu schreiben.

„Eine Frühlingssymphonie“, befand Beiner.

Joachim hob die Hand. „Ich hätte da auch noch was. Aber nicht so schön, wie der von Traudi.

„Lass hören“, ermunterte Traudi ihn.

Joachim las. *„Einmal im Jahr, tief im Herbst, wird bei uns auf dem Land der große, vollkommen runde, rötliche Vollmond vom Himmel heruntergeholt. Dann setzt man ihn vor jedes Haus. Man höhlt ihn aus, schneidet einen breit grinsenden Mund in den Mond, eine Nase und zwei Augen. Da steht er dann überall und glotzt. Das ist ziemlich gruselig. Niemand weiß genau, was geschehen wird. Aber wir sind ja gewarnt. Spätestens seit wir hierhergezogen sind, auf den Tag genau vor drei Jahren, als alle diese heruntergeholten Vollmonde vor den Häusern wie auf Verabredung und ohne jede Vorwarnung rot und röter wurden und plötzlich anfingen – aber nein, lassen wir die alten Geschichten lieber sein. Es ist besser so. Wir wollen ja schließlich ruhig schlafen …“*

„Für die Sache mit den Kranichen hat das eher keine Relevanz“, befand Klaus-Jürgen.

„Ja, aber es geht ja inzwischen auch um den Zustand des Landes, um sein Gleichgewicht und was da so alles schief läuft – oder habe ich das falsch verstanden?“, rechtfertigte sich Joachim.

„Die alten Geschichten – darum geht es in Wirklichkeit, oder?“, fragte Klaus-Jürgen. „Wir leben nur scheinbar in der Gegenwart. Tatsächlich aber wirken die Märchen, Mythen und Sagen nach. Wie Joachim schreibt: *lassen wir die alten Geschichten lieber ruhen ....*“

„Der Bürgermeister äußerte sich mir gegenüber auch so“, meinte Beiner.

„Das lange Gedächtnis und die raunenden Beschwörungen der Erzähler“, sinnierte Traudi. „Das ist oft viel präsenter als der klügste Gedanke.“

„Vor allem gegenwärtiger als die lästige Steuererklärung“, lachte Joachim.

„Gerade hier in dieser Region ist es so, das ist ja offensichtlich“, sagte Tanja. „Willkommen im Märchenland der Grimms.“

„Gleichzeitig“, meinte Klaus-Jürgen, „wenden sich die Leute aber gegen Vergangenheit und Erinnerung. Ich argwöhne, sie tun es wider besseres Wissen! Oder was steckt dahinter!“

„Vielleicht bewusste Täuschung! Sie machen den Fernseher an und lassen sich begraben unter den Betondeckeln von Quiz-Shows.“

„Vergessen wir das viele Nette nicht!“, warf Helga

ein. „Die einfache Freude, auf dem Rad durch Rotkäppchenland zu fahren! Das ist doch auch was!“

„Aus Joachims Text spricht jedenfalls die Stimmung, in der wir uns gerade befinden“, meinte Helga. „Beide Texte haben natürlich jederzeit ihren Stellenwert.“

„Und können uns nutzen, wenn wir uns mit der Bevölkerung verständigen wollen“, ergänzte Tanja.

„Dann muss nur noch die Bevölkerung mitmachen!“

„Ihr habt in allem recht“, seufzte ihr Lehrer.

Diesmal begleitete Beiner seine Frau zum Bahnhof. Als sie abends abreiste, befiel beide eine wehmütige Stimmung, denn sie wussten wieder einmal nicht, wie lange sie getrennt bleiben würden.

Beiner versprach, gleich nach der Rückkehr der Kraniche nach Hause zurückzukehren. Er benutzte bewusst dieses Wortspiel, weil er das Gefühl hatte, die Sprache dafür gehöre ihm allein. Hannah lächelte. Sie wirkte entspannt.

„Wenn es denn so ist, dann sind alle angekommen. Ich warte auf dich, versprochen“, meinte sie gutgelaunt.

„Und rühr dich nicht vom Fleck“, bat Beiner. „Mit den Behörden ist nicht zu spaßen, die knasten dich noch ein, wenn du *Kill Bill* spielst.“

Der Zug fuhr ein. Hannah stieg ein, ohne sich noch einmal umzudrehen. Sie war wohl schon in der nächsten Zwischenetappe ihres Lebens angekommen. Beiner winkte noch lange hinterher, obwohl er wusste, dass sie nicht zurückblickte. Es war ein unwillkommener Abschied, und mit seinem Winken wollte er sie festhalten.

Und nun, dachte er. Was ist jetzt fällig.

Während er noch unschlüssig auf dem Bahnhofsvorplatz stand, ging ihm ein Satz durch den Kopf, den er von einem Einheimischen gehört hatte.

„Wir hier lösen das auf unsere Weise."

Oder hatte er gesagt: „Wir lösen das nicht auf diese Weise."

War es nicht dieser Heinrich Heilmann gewesen, der diesen Satz gesprochen hatte?

So oder so, ein harmloser Satz, wenn auch voller Selbstgerechtigkeit. Ein Satz jedenfalls, der auch das Potential besaß, zu einer Drohung zu werden. Ein solcher Satz könnte für die Ermittlungsarbeit der Polizei interessant werden, dachte Beiner. Aber die Behörden wollten ja seine Mitarbeit nicht.

Er schüttelte die Gedanken ab – was ging ihn ein Bauer im karierten Hemd an, der Sätze spricht. Er spürte, wie sehr Hannah ihm die nächste Zeit fehlen würde. Er hielt die Streitereien zwischen ihnen inzwischen sowieso für die beste Therapie. Die Auseinandersetzung als Annäherung. Das musste sein, um nicht schweigend die Fäuste in der Tasche zu ballen. Entscheidend war das Danach. Ob die Verletzungen gering geblieben waren, ob beide in der Lage waren, ihre starken Gefühle füreinander zurückzugewinnen. Er beschloss, die paar Tage bis zur Ankunft der Kraniche zu nutzen – und sich nicht trüben Gedanken zu überlassen. Er zückte sein Smartphone und rief den Leiter des Kranichzentrums Groß Mohrdorf in Mecklenburg-Vorpommern an.

Günter Nowald war sofort am Apparat. Er meldete sich wie immer herzlich.

Beiner sagte: „Ich wollte nur wissen, ob Ihre Kraniche schon Anstalten machen, sich in meine Richtung in Bewegung zu setzen!"

„Könnte sein! Wir haben jetzt schon 14.000 Vögel auf unseren Wiesen, es wird langsam eng", berichtete Nowald.

„Wahnsinn!", entfuhr es Beiner.

„Ein weiterer Zuzug erfolgt täglich. Üblicherweise auch noch in der zweiten Märzhälfte. Etlichen Vögeln wird das zu eng. Wir haben ja jetzt schon einige Abgänge, die anderen bereiten den Abflug vor."

„Wie viele Vögel können Sie überhaupt – unterbringen?"

„Das ist eigentlich unbegrenzt", sagte Nowald. „Außerdem ist der Austausch ja ständig im Gange, wir haben ständig Abflüge auf allen drei Routen, im Moment allerdings nur auf der Adria-Route. Je nach Windbedingungen gibt es einen fließenden, regelmäßigen Zuzug oder bei Winden aus nördlichen Richtungen schubweise."

„Und wir können die Vögel wann genau erwarten? Sie gaben mir ja zu verstehen, dass Sie das ziemlich genau berechnen können. – Sie verstehen, die Leute hier, vor allem die Medien, müssen ja spätestens einen Tag vorher informiert werden."

„Natürlich. Aber wir können das Geschehen nur ungefähr beurteilen, das verstehen Sie sicher. Wir könnten im geringen Maße natürlich auch ein bisschen nachhelfen ...“

„Ich überlasse das Ihnen, lieber Herr Nowald!“

„Im Moment bemerken wir eine gewisse Unruhe. Und diese wird stärker. Das deutet gewöhnlich auf Aufbruch hin. Das kann auch schon morgen früh sein!“

„Dann müssen wir hier ganz schnell handeln!“

„Ich kann Sie anrufen, wenn es soweit ist.“

„Das wäre super“, freute sich Beiner und verabschiedete sich.

Danach rief er den Umweltschützer Wohlfahrt an. Sie verabredeten ein Treffen am Loshäuser Wehr – in einer halben Stunde. Beiner brauchte im Moment ganz konkrete Verhältnisse, die ihn beruhigten, und er wollte Fakten. Aufklärung, dachte er. Der Umweltschützer würde ihm diese noch einmal liefern, auch über die zu erwartenden Konflikte.

Johannes Beiner dachte: Es ist gut, handeln zu können.

Nachdem er sein Zimmer im Gästehaus aufgeräumt hatte und die Fenster wegen der noch immer warmen Witterung offen ließ, fuhr er nach Loshausen.

Er parkte am südlichen Ortsrand. Dabei achtete er darauf, den Wagen möglichst jenseits des geteerten Straßenrandes abzustellen. Man wusste ja nie, wer vorbeikam und mit wie viel Schuss Munition ...

Einen Beobachter mit Fernglas sah er nicht.

Beiner kam an Gärten vorbei. Darin Fachwerkhäuser. In einem Garten stand eine große Schar Gänse und alle blickten dorthin, wohin Beiner wollte. Es war ein Bildmotiv, das Beiner von den Bildern des Genremalers *Lins* kannte. Er fühlte sich zurückversetzt in die Zeit vor hundert Jahren – die er natürlich nur zwischen Bilderrahmen kannte. Aber diese Motive hatten die Künstler gemalt, die – zusammen mit den Literaten – aus den westlichen Städten gekommen und lange Zeit hiergeblieben waren. Und ihre idyllischen Motive hatten sich festgesetzt, hatten das Bild der Region geprägt – sowohl bei den Einheimischen als auch bei den Zugereisten. Zu denen er sich nun selbst zählte.

Diese Idylle lebte in den Köpfen und Herzen der Menschen fort. Desto irritierender brach dann hin und wieder die heutige Realität ein. Und niemand wusste, wie die Menschen insgeheim darauf reagierten.

Wohlfahrt erwartete ihn bereits. Er trug Wanderausrüstung und winkte schon von Weitem.

Nach der Begrüßung vollführte der Umweltschützer eine weit ausholende Geste. „Schauen Sie sich dieses Land an! Diesen wunderbaren flachen See in der Mitte. Die Flutung hat funktioniert. Ich sagte es Ihnen ja bereits, aber neulich hatte ich keine Zeit für Erklärungen. – Hier standen neben den Wiesen Gehölze aller Art, große Erlenbereiche, Zäune ohne Ende um jede kleine Parzelle, Buschwerk. Alles beseitigt. Die Bauern haben der Rodung und Beseitigung zugestimmt – sogar ohne Geld dafür zu verlangen. So ist dieses zukünftige Vogelparadies entstanden."

„Diese Bereitschaft hat Sie ja selbst überrascht, wie Sie mir verrieten!"

„Ausschlaggebend war die Einsicht, dass jeder einen Vorteil von der Sache hat. Bauern können eins und eins zusammenzählen."

„Es gibt also einen Deal zwischen Landwirten und Zugvögeln", meinte Beiner.

„Tatsächlich, ja. Und er lautet: Wir lassen euch hier jeweils zwei, drei Wochen im Frühjahr und Herbst in dem von uns angelegten Flachwasser rasten, und ihr hinterlasst uns dafür nach eurem Abflug und dem wieder versickerten Wasser einen nährstoffreicheren Wiesenboden als vorher."

„Und es ist ruhig hier – erstaunlich ruhig! Ein weiterer Vorteil."

„Ja, die Tiere sind ja hoch lärmempfindlich. Die Wiesen sind ideal. Es gibt nichts Besseres in ganz Mitteldeutschland."

„Erzählen Sie ein bisschen weiter. Wir können ja umhergehen", schlug Beiner vor. Er hatte diese Dinge schon von anderen Zuträgern gehört, blieb aber geduldig und neugierig. Es ging um Tatsachen, um Natur und Gleichgewicht, das war für ihn wie Balsam.

Wohlfahrt zückte sein Fernglas und schaute, steckte es dann aber wieder mit einem Brummen ein. Sie gingen näher an den Vernässungsbereich heran.

„Den See zu umrunden, wollen wir gar nicht erst anfangen", meinte Wohlfahrt. „Später, wenn wirklich Kraniche hier rasten, wäre das für die Vögel gar nicht gut."

„Warum nicht?“, wollte Beiner wissen, obwohl er die Antwort ahnte.

„Damit würden unvermeidlich die Fluchtdistanzen der Vögel unterschritten werden. Und störungsfreie Bereiche fehlen ja dann aufgrund des Geländes.“

„Verständlich.“

„Das Hochwasserrückhaltebecken Schwalmstadt kennen Sie ja inzwischen“, fuhr Wohlfahrt fort. „Das wurde 1972 fertig. Für die Menschen war es ein Segen, das gebe ich zu, aber für den Lebensraum Feuchtgebiet war es schlimm. Der Grundwasserspiegel sank ständig, Feuchtwiesen, Senken und Tümpel verschwanden. Sie können sich vorstellen, welche Auswirkungen das für die daran gebundenen Wiesenvögel hatte. Ich als Mitglied der *Hessischen Gesellschaft für Ornithologe und Naturschutz* habe in den letzten Jahren tatsächlich oft geweint, und das ist keine Phrase.“

„Desto glücklicher müssen Sie jetzt sein!“

„Natürlich! Zumal wir bis zum Ende der 80er Jahre erreichten, dass dieses ganze Areal den Status eines Naturschutzgebietes bekam. Und das waren viele Hektar Anbauland und Weideland.“

Sie gingen langsam weiter, standen auf der Ostseite des flachen Sees, und blickten in Richtung der schon schräg stehenden Sonne, die ein märchenhaftes Licht über die Landschaft ausgoss.

„Auf dieses paradiesische Fleckchen Erde hatten natürlich immer schon viele Interessenten ein Auge geworfen“, erzählte Wohlfahrt weiter. „Der Anglerverband, der Fischereiverein, sogar die Unternehmen der

Abfallentsorgung. Hier hatte sich ja zeitweise ein Schuttplatz entwickelt!“

„Unvorstellbar!“, entfuhr es Beiner.

„In den 70er und 80er Jahren war hier wilder Westen, das können Sie mir glauben! Welche Rücksichtslosigkeiten hier regierten, das war abenteuerlich. Heute nicht mehr vorstellbar.“

„Die grüne Bewegung hat da also viel Segensreiches eingebracht?“

„Ohne die Grün-Alternativen wäre in den Zeiten des beschleunigten Strukturwandels der Landwirtschaft überhaupt nichts in dieser Art entstanden, das muss man sagen. Schauen Sie mal da drüben!“ Er deutete mit dem Zeigefinger auf ein Areal, das von niedrigen Büschen begrenzt war. „Das lief damals noch unter dem Namen *Froschteiche bei Steina*. Es war sozusagen der Kern für die ganze Entwicklung hier, wir sicherten das Stück als Erstes.“

„Viel Arbeit, viele Verdienste“, sagte Beiner bewundernd.

„Danach legten wir Nahrungsteiche für Weißstörche an, also die Storchenteiche am *Schwertzellsgrab*en, wir durften Domänengelände in der Gemarkung Ziegenhain nutzen. Teiche in den *Erlen von Loshausen* und weitere Teichprojekte folgten. Und dann begannen schon die massiven Widerstände.“

„Von wem in erster Linie?“

„Vor allem von Drainageverbänden. Während wir um Feuchtgebiete kämpften, wollten die Verbände Meliorationsmaßnahmen auf fast vierzig Hektar durchsetzen. Also sie wollten Trockenlegung von Grünland. Dann hätten wir aufgeben können, weil der Grundwasserspiegel sich dann noch weiter gesenkt hätte."

„Und dann gab es sicher auch noch Einsprüche von Bodeneigentümern!"

„Die mussten zum Teil überhaupt erst ermittelt werden. An die Besuche bei einigen Eigentümern, die nicht verkaufen wollten, kann ich mich noch gut erinnern! Also, na ja, die wollten eben ohne zwingenden Grund ihr Land nicht verkaufen."

„Aber es gelang dann doch?"

„Die Zeiten haben sich geändert, das muss man sagen. Vernunft siegte – und die Entschädigung. Den Eigentümern mache ich überhaupt keinen Vorwurf, jeder verteidigt seinen Besitz! Aber die Ideologen, die Scharfmacher – puh!"

„Saßen die auch in den zuständigen Ämtern?"

„Das waren eigentlich nicht die Schlimmsten, nein. Der Wasserverband Schwalm etwa, die obere Naturschutzbehörde in Kassel, die Bezirksdirektion für Forsten und Naturschutz oder das Amt für Landwirtschaft und Landentwicklung in Marburg kooperierten von Anfang an. Wir konnten Grundstücke aufkaufen – was nicht selbstverständlich war, denn wir hatten ja keine landwirtschaftlichen Absichten. Wasserbauingenieure wurden hinzugezogen, die sehr schnell einen Bauentwurf mit ausgeklügelten Teich- und Grabensystemen vorlegten – das war schon beeindruckend."

„Aber wer torpedierte dann die Pläne?"

„Bei der Finanzierung stellte man sich quer ..."

„Aha! Das ist immer der Knackpunkt!"

„Ja. Denn natürlich musste neben Sachverstand und den nötigen Großmaschinen das Geld herbeigeschafft werden. Da klemmte es plötzlich – so wird immer Macht ausgeübt. Ich muss auch zugeben, dass sich der Boden dann doch nicht als ideal erwies. Er war tiefgründig und moorig. Das geht natürlich ins Geld. Aber durch kluge Gestaltung schafften wir es dann doch, Feuchtgebiete mit drei Grabensystemen und fünfzehn unterschiedlich zugeschnittenen Teichen zu schaffen. Das hört sich nicht toll an – aber die Arbeit war gigantisch ..."

„Doch, doch, ich kann es mir gut vorstellen, ich bin voller Bewunderung!"

„Wir schafften schließlich die geforderte Uferlänge von 3.400 Metern anzulegen – die Wasser konnten kommen. Und durch weitere Renaturierungen, wie die der *Grenff*-Mündung in südwestlicher Richtung dort drüben ..." Wohlfahrt vollführte eine große, beschreibende Geste „... und des anschließenden Schwalmabschnittes hier vor uns, wodurch das Bindeglied *Breite Wiesen* entstand, erweiterten wir die Angebote für Zugvögel. Weißstörche nahmen sie als Erstes an. Jetzt können die Kraniche folgen."

„Kraniche und Kiebitze nutzen diesen Rastplatz ja wohl auch jetzt schon, erzählte mir Dirk Rosskopf."

„Da hat er recht, der Gute! Aber eben nicht dauerhaft, nicht einplanbar. Wir können dem Verhalten der Vögel bisher nur folgen, es aber nicht leiten."

„Das wird sich ändern."

„Wir hoffen es ja alle. Immerhin bin ich stolz darauf, dass dieses ehemals kleine Naturschutzgebiet hier inzwischen vernetzt ist und eingebettet in das große EU-Vogelschutzgebiet *Schwalmniederung von Schwalmstadt*, in dem wir jetzt stehen. Das ist ein Riesending, gemessen am Zustand, den ich vorhin schilderte. Wir haben inzwischen 2.700 Hektar Fläche – Platz für 50.000 Kraniche und mehr!"

„Manchmal muss man Heimat richtig erarbeiten", lachte Beiner.

„Da haben Sie recht! Darf ich Ihnen mal meine schwieligen Hände zeigen?"

Jetzt lachten beide Männer.

Und Beiner fügte noch hinzu: „Das sind alles vernünftige Vorgänge. Technische und rationale Vorgänge. Das hat nichts zu tun mit Mythen und Sagen und mit dunklem, ominösem Geraune. Oder?"

„Alles glasklar und durchsichtig", sagte Wohlfahrt. „Darunter muss niemand leiden."

Und in diesem Moment erhoben sich rastende Vögel aus den Wiesen, es waren Graugänse. Sie flogen mit schwerem Flügelschlag dicht über ihren Köpfen hinweg.

IV

Noch zwei Tage ...

Johannes Beiners Auftrag war es, die Rolle des Ortes zu begreifen, in dem er sich inmitten der Bewohner bewegte. Aber plötzlich traf ihn der Gedanke wie ein Schlag, der Ort und die Region selbst könnten in aller Heimlichkeit für ihn eine bestimmte Rolle vorgesehen haben. Für ihn, den Fremden.

Eine Rolle, die er erfüllen musste. Wenn das stimmte – welche Rolle war das?

Vielleicht wollte man von ihm, dass er mit seinen Schülern die Kampagne zur Wiederkehr der Zugvögel so fanatisch vorantrieb, dass dahinter Abneigungen und Widerstand zwangsläufig entstehen mussten, die man erst im letzten Augenblick wahrnehmen würde. Der Pegel der Emotionen würde steigen und steigen, und dann war es zu spät.

Der Widerstand würde dann als gerechtfertigt angesehen.

Aber nein, sagte sich Beiner, viel zu weit hergeholt. Wer sollte von solchen Konflikten profitieren! Das ist gedacht von einem Kopf mit zu vielen Selbstzweifeln. Mir fehlt die Mitte, dachte Johannes Beiner. Und er schwor sich, die letzten beiden Tage mit ganzer Kraft für die Landung der Zugvögel zu arbeiten.

Wie hatte der Bürgermeister gesagt: *Wir brauchen die Kraniche!*

Kurz darauf erreichte ihn ein Anruf aus der Kreisstadt Homberg/Efze. Der zuständige Staatsanwalt schlug ihm eine Anhörung vor. Es sollte nur einen Gedankenaustausch geben, so vermied man die offizielle Vorladung – es müsste nur sofort passieren. Was der verehrte Herr Beiner davon hielte? Beiner ließ sich darauf ein. So vermied er ein längeres bürokratisches Procedere.

Er fuhr mit dem Regionalbus. Im Büro des Kreishauses erwarteten ihn zwei Männer. Chefermittler Lainer und Staatsanwalt Eulenburg. Beiner wurde freundlich gebeten, Platz zu nehmen.

Beiner gab Auskunft darüber, dass seine Frau inzwischen nach Offenbach abgereist war. Dieser Teil der Auflagen war also eingehalten worden. Die weitere Behandlung der Sache würde sich in der nächsten Zeit ergeben – das hinge auch von Beiners Kooperation ab. Und jetzt kamen die Herren auf seine eigene Rolle zu sprechen.

Es habe mehrere Anzeigen gegeben. Einwohner fühlten sich zunehmend belästigt durch Beiners Aktivitäten – und die seiner Schüler. Und Schülerinnen, fügte Lainer korrekterweise an.

Johannes Beiner hörte sich alles an und wurde ein bisschen unruhiger. Er legte seine flache Hand auf den Schreibtisch und sagte: „Ich selbst habe keine Anzeige erhoben, als ich in Willingshausen belästigt wurde. Man hat mich immerhin in meinem Wohnhaus besucht und mir – indirekt – Gewalt angedroht. Es gab einen Brandanschlag auf mich und das Gästehaus der Literatenkolonie. Wie gesagt, ich habe mich dabei kooperativ gezeigt. Welche Ermittlungsergebnisse liegen hier vor?“

„Über laufende Ermittlungen sprechen wir nicht, Herr Beiner!“

„Ist niemand der Beteiligten mit Konsequenzen bedacht worden?“

„Kein Kommentar!“

„Wir behaupten ja nicht, dass unsere Region ganz friedlich ist“, erklärte der Staatsanwalt. „Es gab immer wieder mal Grund zur Sorge. Ich will das aber nicht im Einzelnen erörtern. Aber wir müssen schon darauf achten, dass der öffentliche Frieden gewährleistet wird. Mit allen Mitteln, Herr Beiner. Und da müssen wir feststellen, dass Sie als Zugereister …“

„Diese Tatsache spielt dann doch wohl keine Rolle, oder“, warf Beiner ein. „Egal, in welchem Zusammenhang!“

„Nein, natürlich nicht“, räumte Lainer ein. „Der Herr Staatsanwalt will nur Folgendes andeuten …“

„Lassen Sie nur, lieber Lainer!“, winkte der Staatsanwalt ab. „Der Herr Beiner hat ganz recht – meine Formulierung war ein wenig unscharf. Jedenfalls liegen also ein paar Beschwerden vor.“

„Beschwerden – oder Anzeigen?“, wollte Beiner wissen.

Beide Männer sahen ihn scharf an. In Lainers Blick lag noch eine Prise Unglücklichsein. Dann sagte der Staatsanwalt: „Wir haben eine sehr positiv zu bewertende Gewaltstatistik, eine stark rückläufige Statistik. Und das soll so bleiben.“

„Das Dunkel Ihrer weitläufigen Wälder in Knüll und Schwalm soll nicht zum Schauplatz von Kapitalverbrechen werden, nicht wahr?“

„Wie bitte? – Ja, genau!“

„Dazu werde ich auch nicht beitragen, keine Sorge!“

„Obwohl …“, sagte Lainer und beugte sich verschwörerisch vor. Offenbar wollte er die gereizte Stimmung entschärfen. „Obwohl hier ganz in der Nähe einmal ein scheußlicher Raubmord stattfand. Der Pfarrer des Dorfes Wassmuthshausen im Rinnetal berichtete von den letzten Scharmützeln eines der vielen Kriege, die damals stattfanden. Von ihm haben wir also den Bericht …“

„Herr Lainer!“, unterbrach der Staatsanwalt ungeduldig.

„Nur noch schnell zu Ende“, bat Lainer. „Wegen der nützlichen Moral für den aktuellen Fall.“

„Also gut, aber ich habe gleich einen Termin …“

Lainer nickte begeistert. „In der Nähe des Silberberges verbarg sich ein versprengter Soldat. Offenbar hatte er die Regimentskasse erbeutet. Bauern aus Wassmuthshausen lauerten ihm auf. Sie erschlugen ihn mit Mistgabeln und Knüppeln und verteilten den reichen Inhalt der Kasse unter sich. Die Mordtat zu vertuschen war allerdings unmöglich – nicht in einem kleinen Dorf, wo jeder jeden kannte. Und so wuchs das Misstrauen und die Gier und das Unbehagen. Zumal die Obrigkeit die Bluttat nicht offiziell zur Kenntnis nahm. Der Mord blieb ungesühnt und unvergessen bis heute. Ein Dorf hat ein langes Gedächtnis …“

„Soweit so gut!“, sagte der Staatsanwalt.

„Das war wohl in der Nazizeit?“, wollte Beiner wissen.

„Nein, nein – früher! Sowas kam zu allen Zeiten vor.“

„Herr Beiner“, nahm der Staatsanwalt den Faden auf, „wir bitten Sie also, stellen Sie Ihre Aktivitäten im Ort ein. Der Unmut wächst. Wir wollen das nicht.“

Beiner erhob sich.

„Mal sehen", sagte er knapp. „Das entscheidet auch mein Auftraggeber. Ich habe Sie jedenfalls verstanden."

Er verabschiedete sich, und Lainer brachte ihn noch zur Tür.

„Wir werden Schuldige zur Rechenschaft ziehen", flüsterte er.

In den folgenden Stunden nach seiner Rückkehr saß Beiner mit seiner Klasse zusammen. Und er stellte mit Genugtuung fest, dass sie inzwischen gemeinsam an einem Text schrieben.

Für den Abend hatte sich Beiner vorgenommen, einige Menschen aus seiner Umgebung aufzusuchen, die er einfach nur von Angesicht zu Angesicht wiedersehen wollte. Ohne Plan, ohne Absicht. Er brauchte die einfache Bestätigung, dass es Gegenüber gab, die ihn erkannten und akzeptierten.

So viel Leere hatte die Abreise Hannahs in ihm hinterlassen.

Doch als er den Unterricht beendete und sein Appartement betrat, wartete schon jemand auf ihn. Es war der Mann, der ihm in der Bürgerversammlung gedroht hatte, falls Beiner mit seinem Kranich-Programm fortfuhr.

„Heinrich Heilmann, richtig?", begrüßte Beiner seinen Gast, der unverdrossen ein kariertes Hemd und Hosenträger trug. Darüber eine offene Jacke.

„Ganz recht! Und ich will Ihnen mal was sagen!"

„Wenn Sie dabei bitte berücksichtigen, dass Sie sich in meiner Wohnung befinden!?"

Der Mann erhob sich, spreizte die Arme mit angelegten Ellenbogen nach Art von Zugvögeln und lief im Kreis. „Kra-Kra-Kra!“, rief er. „Warum soll ich ausgerechnet hier landen! – Kra-Kra-Kra!“

„Schon recht, Herr Heilmann, Sie müssen sich nicht zum Narren machen. Ich verstehe Sie!“

„Die Antwort auf meine Kranich-Anfrage ist gewöhnlich Speichelleckerei! Das schöne Land! Die Harmonie mit allem! Kraniche gehören dazu! Blablabla!“

„Trinken Sie einen Kaffee mit?“, fragte Beiner.

„Was? – Nein!“

„Sprechen Sie ruhig weiter! Ich mache mir einen Kaffee.“

„Alle singen den alten Refrain – Lobet den Herrn! Lobet den Herrn! Und wenn dabei jemand auf der Strecke bleibt? Häh! – Was dann? Wenn jemand aus Verzweiflung darüber, dass er ohnmächtig ist gegenüber der Gewalt, die hier für die Rückkehr der Kraniche ausgeübt wird, auf der Strecke bleibt! Häh! Was dann? Was dann?!“

Heilmann hatte angefangen zu zittern. Stark ist er tatsächlich nicht, dachte Beiner. Unberechenbar.

„Jetzt beruhigen Sie sich mal, Herr Heilmann. Setzen Sie sich doch bitte wieder hin, in Ordnung!“

„Tatsache ist, Herr Literat, dass die Menschen sich innerlich radikalisieren, verstehen Sie? Das nehme ich sehr deutlich wahr! Denn sie alle wollen die Region voranbringen. Aber womit! W o m i t!“

Beiner konnte nur erahnen, wie aufgewühlt sein Gast

war, seine Sprache verriet nur einen Bruchteil davon. Man hatte ihn ja als höchst labil beschrieben.

Beiner sagte: „Es gibt doch für alles Argumente ..."

„Ich bin Bauer, ich greife tief in die Erde! Was anderes habe ich nicht gelernt und was anderes will ich auch gar nicht. Ich bin stolz darauf! Ich will hier nicht Zehntausende Vögel! Auf keinen Fall! Das passt nicht hierher!"

„Sie haben ein Interesse, andere haben ein anderes. Wollen Sie allen anderen ihren Willen aufzwingen?"

„Was?! – Sie sind es, der allen anderen den Willen aufzwingt! Sie! Und kein anderer! Niemand sonst will diese Biester hier auf den Wiesen haben, Riesenvögel, schwarz, schweigend, abwartend ... Das ist doch schrecklich!"

Beiner fühlte sich in der Wortwahl an etwas erinnert, das er vor Kurzem gehört hatte. Bedrohliche Riesenvögel, die den Menschen anstarren. Und mit sich führen sie etwas Ungutes. Das Verharren in solchen dunklen Bildern, die Gewalt ausstrahlten, und aus mythologischen Tiefen kamen, gefiel ihm gar nicht. Er war Lehrer. Aufklärer!

„Ich weiß nicht, Herr Heilmann, ich weiß nicht ... Warum sind Sie so verbohrt? Die Vögel tun niemand was."

Heilmanns Stimme klang beinahe weinerlich. „Sie haben doch keine Ahnung! Das geht doch viel tiefer! Das rührt doch an etwas!"

„Tatsächlich, ich verstehe Sie nur ganz schwer. Obwohl ich inzwischen mit einigen Zeitgenossen gesprochen habe, die ähnliche Standpunkte vertreten haben."

„Damals, als Zehntausende hier einfielen, zeitgleich, verstehen Sie, da starb mein Vorfahre ..."

„Ihr Vorfahre? Von wem sprechen Sie ..."

„Na, vom Priester Heilmann. Und eines Tages ..."

„Der ans Kreuz genagelte Priester Heilmann in Greifenhain war Ihr Vorfahre?!"

„Ja, natürlich! In siebenter Generation! Ein Wahnsinniger! Er wollte, dass die Natur alles beherrscht. Macht euch die Erde untertan! Das steht in der Bibel, aber er hatte es für die Riesenvögel vorgesehen und für alles Getier drumherum. Natur, Natur! Macht euch alles andere untertan! Auch die Menschen! Ein Verrückter, der immer mehr entgleiste. Er hätte hier in der Gegend alles zugrunde gerichtet! Vernünftige stoppten ihn dann."

„Vernünftige? Wissen Sie überhaupt, was Sie da sagen? Er wurde bestialisch ermordet!"

„Manchmal muss es eben gewalttätig sein ..."

„Passen Sie auf, dass Sie sich nicht verrennen, Herr Heilmann!"

Wieder flatterte Heilmanns Stimme. „Als die Vögel hier Dauergäste waren, da geschahen in der Region Dinge, die niemals wiederkommen dürfen! Da wurden ganz schlimme Dinge wach! Und das eine hat doch mit dem anderen zu tun, das können Sie mir nicht ausreden! Da gibt es einen Zusammenhang! Mit aller Macht will ich das verhindern! Denn das alles macht mich echt fertig. Ich will sagen können, dass eins und eins zwei ist!"

„So können wir das hier nicht lösen, Herr Heilmann!"

„Doch, können wir! – Ich muss es lösen, ich muss mich dagegen wehren, sonst werde ich verrückt!"

„Von Gemeinschaft, die übereinstimmend etwas beschließt, haben Sie wohl noch nichts gehört ..."

„Ich mache Sie mit den wahren Kranichfreunden bekannt! Kommen Sie mit! Ich bin nicht allein, das würde ich gar nicht aushalten!"

So ein kräftiger Kerl, dachte Beiner. Aber er ist in seinem Inneren schwach.

„Sie meinen, Sie kennen andere ..."

„Na los! Kommen Sie schon! Sie können mit ihnen reden! Da können Sie was lernen!"

Es widerstrebte Beiner, Heilmann zu folgen, aber er spürte die Gefahr. Heilmann war hochgradig emotional, er konnte schnell zum Täter werden. Und wenn er tatsächlich dachte, sich jetzt wehren zu müssen, dann konnte der ganze Plan zur Landung der Vögel zunichte werden. Also verließen beide das Gästehaus und setzten sich ins Auto. Heilmann fuhr.

Bis Holzburg war es nicht weit. Sie parkten am Ortsrand in der Nähe des Sportplatzes.

„Warten Sie draußen", wies Heilmann an, „ich komme gleich wieder."

Während er wartete, ließ Beiner seine Blicke wandern. Vor ihm lag der hügelige Ort mit der Kirche auf dem höchsten Hügel. Ein ansehnlicher Ort. Rechter Hand, die Wege hinauf, schimmerten die Hügelkette des Vogelsberges, linker Hand die des Knüllgebirges. Der Himmel war sehr weit und tief.

„Hallo, Herr Literat! Da sind Sie also, wie?"

Beiner erblickte zwei Männer, die mit Heilmann aus einem roh verputzten Haus mit Anbauten kamen.

„Hier bin ich, ja – und wer sind Sie?"

Ein Mann ging vorweg. Er trug den leichten, weißen Reitermantel aus der Schwälmer Tracht. Und er rauchte eine lange Pfeife mit dünnem Mundstück. Sein kahler Kopf glänzte.

Er sagte: „Namen sind Schall und Rauch ..."

„Kohlhaus und Schmächter", sagte Heilmann im Hintergrund mit seltsam gepresster Stimme.

Kohlhaus mit der Pfeife drehte sich halb zu ihm um und sah ihn mit gesenktem Kopf an.

„Namen sind Schall und Rauch, sagte ich", wiederholte er ganz ruhig und beherrscht.

„Sie sind Kranichfreunde, sagte mir Herr Heilmann!"

„Solange Sie hier sind, wollen Sie doch ein gutes Auskommen haben, nicht wahr?", fragte Kohlhaus und stieß Rauch aus. „Dann sprechen Sie nicht ungefragt. Hören Sie erst mal nur zu. Das Weitere ergibt sich."

„Reden Sie nicht so mit mir", sagte Beiner. „Mich interessiert an Ihnen nur, ob Sie Kranichfreund sind – sonst gar nichts."

Kohlhaus stand einen Moment totenstill da und starrte Beiner an. Dann räusperte er sich, wendete sich zu den beiden anderen Männern um und sagte zu ihnen mit sanfter Stimme: „Er hat Schwierigkeiten zu verstehen, was ich sage."

Schmächter lachte meckernd. Heilmann schwieg und senkte den Kopf.

Beiner kamen plötzlich Bilder in den Sinn, die mit seinem Leben zu tun hatten. Er wusste nicht, warum ihn das ausgerechnet jetzt überfiel.

Vergangenheit und Gegenwart.

Diese abgrundtiefe Erinnerung ...

Sie wurde geweckt in der Gegenwart bestimmter Bilder.

Er sah sich als kleinen Jungen im Havelland spielen, grenzenlos allein und frei, er verbrachte seine Tage auf mäandernden Gewässern, baute an Ufern mit Wurzeldächern und Höhlen zusammen mit Biebern Burgen und sprach mit den Nagetieren. Er suchte nach Schätzen. Und er hatte sie gefunden. In sich und in dem, was er als seine Welt baute. Es schien ihm, als sei er früh für sich verantwortlich gewesen. Es war lange her. Und gleichzeitig direkt vor ihm durch die Gegenwart dieser Menschen. Es war gültig bis heute und ständig um ihn. Und alles andere kümmerte ihn nicht wirklich. Hatte ihn auch nicht zu kümmern. Wichtig waren allein die Bilder der Vergangenheit. Eine Art Heimat.

Er blickte sein Gegenüber an, das näher gerückt war und ihn aus beeindruckenden großen Augen anstarrte.

Beiner sah das Ungute in den kalten Augen des Mannes, der aber mit einer langsamen, weichen Stimme sprach. Einer, der gern Menschen brechen will, durchfuhr es Beiner plötzlich. Einer, der alle anderen für kleiner hält, und dann will er auch sehen, dass sie es begreifen. Und intelligente, widerständige Menschen reizen ihn besonders.

Beiner ließ ihn einfach stehen. Er ging an Kohlhaus

vorbei zu Heilmann hinüber. Kohlhaus blickte stur geradeaus ins Leere.

„Was will er mir sagen?“, fragte Beiner den unglücklich wirkenden Heilmann, der sich halb wegdrehte. Er schien zu weinen. „Ich verstehe ihn nicht.“

„Fragen Sie ihn nach den Kranichen!“, sagte Heilmann. Und hatte etwas Flehendes in seiner Stimme. „Fragen Sie ihn doch um Gottes willen einfach nach den Kranichen.“

Beiner wunderte sich einmal mehr über den stämmigen, großen Mann. In dessen Innerem herrschte offenbar etwas anderes, als es äußerlich den Anschein hatte. Er wendete sich zu Kohlhaus um, der immer noch regungslos dastand und über die Täler blickte.

„Sie sind Kranichfreund?“, wiederholte Beiner.

Kohlhaus drehte sich jetzt langsam um. Sein Gesicht war ungewöhnlich hell, das mochte an der Abendsonne liegen.

In diesem Moment schlug Beiners Smartphone an.

„Die Vögel rühren sich!“, rief jemand in der Leitung. „Verstehen Sie mich, Herr Beiner!“

„Herr Dr. Nowald!“, rief Beiner zurück. „Sie sind es! Die Kraniche brechen auf?“

„Die Kraniche fangen an, sich zu rühren. Die Unruhe nimmt immer mehr zu! Es ist, als empfingen sie Botschaften! – Ich hatte recht! Und ich hatte Ihnen ja versprochen, mich zu melden, wenn es soweit ist.“

„Dann treffen die Vögel morgen hier ein!“, rief Beiner.

„Heute werden sie nicht mehr starten“, sagte Nowald. „Aber morgen in aller Frühe bei Sonnenaufgang, das ist so gut wie sicher! Dafür lege ich meine Hand ins Feuer!"

„Wir können hier also für Morgenabend mit ihrer Ankunft rechnen?"

„Morgenabend sind sie in den Schwalmniederungen bei Schwalmstadt! Richten Sie sich für Morgenabend ein!"

„Eine tolle Nachricht!", rief Beiner.

„Ich melde mich morgen noch mal in aller Frühe, um das zu bestätigen!"

Beiner fasste seine Gegenüber ins Auge. Er hielt ihnen das Smartphone vor die Nase.

„Haben Sie verstanden? Haben Sie das verstanden!", rief er. „Die Kraniche sind morgen am Abend hier. Sie kommen!"

Kohlhaus war eher noch bleicher geworden. Sein Gesicht wirkte irgendwie nackt. Heilmann verzog das Gesicht, als wolle er tatsächlich weinen und trat von einem Fuß auf den anderen. Der dritte Mann mit dem Namen Schmächter blickte zur Seite, als schäme er sich für irgendwas. Vielleicht feixte er aber auch nur in sich hinein.

„Das geht uns allen zu fix", sagte Kohlhaus, „das müssen Sie uns verzeihen! Das geht zu schnell, verstehen Sie, Herr Literat! Wir hier tragen ja die Verantwortung für unser Wohlergehen! Ihr seid es doch, die dauernd von Nachhaltigkeit und von Kreisläufen reden! Und ich sehe, wie wir hier die Folgen tragen müssen. Und deshalb sage ich Ihnen, halten Sie die Füße still. Die Vögel werden hier nicht landen."

„Die Vögel entscheiden das selbst“, fiel Beiner nur ein. Er war dieses Duell müde. Er wollte gehen. Es war ihm natürlich längst klar, dass er es hier nicht mit Kranichfreunden zu tun hatte. „Da, wo sie sich wohlfühlen, rasten sie. Bisher waren die Bedingungen dafür nicht vorhanden, jetzt sind sie es. Sie wollen doch alle, dass man sich in ihrem schönen Land wohlfühlt! Also auch die Zugvögel!“

Beiner war nur äußerlich beherrscht. In seinem Inneren brodelte es. Zu viel kam in diesen Stunden zusammen.

Wieder musste er an Dinge denken, die mit dem Moment nichts zu tun hatten. Seine Gedanken schweiften ab. Das passierte ihm öfter. Er konnte nichts dagegen tun, dass die Vergangenheit übermächtig wurde. Die Erinnerung überfiel ihn und eigentlich wehrte er sich nie dagegen. Er ließ sich gern mitziehen in Vorgänge und Bilder aus der Erinnerung. Das schuf ihm einen Puffer aus Gefühlen, an denen die Gegenwart klein wurde. an denen vor allem die Menschen ein kleineres Format bekamen, die ihm als allzu selbstgefällige Gestalten der Gegenwart gegenübertraten.

„Wir hier entscheiden das!“, sagte Kohlhaus. „Fragen Sie Heilmann! Er wird es Ihnen bestätigen. Niemals wird ein Großmaul aus der Stadt darüber entscheiden, was hier passiert!“

„Geht’s Ihnen um irgendein Prinzip?!“, wollte Beiner mit einem Restinteresse wissen. „Nur damit ich es verstehe.“

„Es geht darum, dass wir hier bestimmen. Sonst ist es nichts weiter!“

„Sehe ich nicht so“, meinte Beiner. „Langweilt mich.“

„Fügen Sie sich doch einfach“, sagte Kohlhaus leise. „Passen Sie sich an, Herr Literat. Ist doch besser!“

„Das gefällt mir alles nicht!“, sagte Beiner.

„Jedes Dorf hat ein Gedächtnis“, sagte Kohlhaus. „Das ist wahr. Und deshalb existieren neben den offiziellen Regeln und Gesetzen auch die Regeln und Gesetze des Dorfes. Diese Regeln des Dorfes muss man kennen, Herr Literat. Damit man nicht dagegen verstößt. Verstehen Sie?“

„Und Sie kennen diese Regeln, nehme ich an.“

„Ich verkörpere sie.“

„Ich glaube das nicht, dass jemand heutzutage so reden kann!“, entfuhr es Beiner.

Schmächter mischte sich ein. „Es war immer schon so. Es gab hier vor ein paar Jahren mal einen Pfarrer, der auch schon so redete. Und er hatte recht! Die Schwalm gehörte ihm. Er tat so unendlich viel dafür! Als eines Tages eine gelehrte Frau aus Marburg kam, die über sein Land eine eigene Meinung hatte, beschimpfte er sie vor allen. Und er bedrohte sie sogar in Briefen und am Telefon – und er schickte jemanden vorbei.“

Beiner stöhnte: „Ich beende das hier. Fahren Sie mich nach Willingshausen zurück, Herr Heilmann!“

„Nein“, sagte Kohlhaus. „Nein.“

Beiner drehte sich weg und marschierte los. Er ging den Hügel hinunter, durchquerte das Dorf und lief über die Hauptstraße zum Ortsrand auf der anderen Seite. Er wusste, er hatte noch fünf Kilometer bis zum Nachbarort Merzhausen vor sich, aber er fühlte Genugtuung darüber, dass er das Heft in die Hand genommen hatte.

Als die Felder hinter Holzburg begannen, und Beiner die Ideallandschaft aus sanften Hügeln, weiten Himmeln, fernen Bergen und endlosen Birkenalleen entlang der Straßen vor Augen hatte, hielt neben ihm Heilmanns Auto.

„Steigen Sie ein!“, sagte Heilmann nur.

Beiner stieg wortlos ein. Und bis Willingshausen sprach keiner von ihnen ein einziges Wort.

Aber als sie am Ziel ankamen, sprudelte es plötzlich aus Heilmann heraus, es war, als wäre ein Korken gezogen worden.

„Warum sprecht ihr nicht darüber, wie schön hier alles ist! Immer dieses gehässige Gerede, die spitzfindige Suche nach irgendwas Negativem, dieses Wühlen im Abfall!“

„Aber was haben Sie denn plötzlich! Das tut ja niemand!“

„Doch! Sie werten ab, Sie hetzen!“

„Nein. Ich sehe doch, wie schön es hier ist. Aber das heißt nicht, dass wir das andere einfach übersehen dürfen. Das Negative, das Hässliche!“

„Ja, was denn!“

„Ich höre, seitdem ich hier bin, dauernd um mich herum von Krankheit und Tod. Bauern werden depressiv und danach ihre Töchter, die Frau eines Alteingesessenen nimmt sich mit Medikamenten das Leben, andere werden arbeitsunfähig ..."

„Das gibt es überall!"

„Natürlich! Aber eben auch hier."

„Es gibt Radspaß im Rotkäppchenland und Festivals mit gegrillter Kartoffelwurst, das ist doch alles grandios! Und die Leute nehmen es an und sind glücklich! Wollt ihr nicht, dass die Menschen ganz einfache Dinge tun und glücklich sind?"

„Das will jeder. Und es ist wunderbar, wenn alle diese Anstrengungen der Touristiker funktionieren!"

„Na also, dann sagen Sie es laut und deutlich!"

„Ich sage es laut und deutlich – obwohl es nicht meine Aufgabe ist! Aber in Schrecksbach gab es auch in einer Musikkneipe einen Toten hinter der Tür! Und in einem Haus in Holzburg ermordete ein eifersüchtiger Liebhaber den Nebenbuhler! Er schlug ihn halbtot und hängte ihn dann in der Scheune auf! Jeder weiß davon. Das gibt es eben auch, diesen Landkrimi, und jeder schüttelt sich, wenn er davon hört oder sich daran erinnert. Es spukt durch die nächtlichen Alpträume! Jede Nacht!"

„Jetzt machen Sie mal halblang!"

„Alles muss auf den Tisch! Alles! Das wäre für jeden gut!"

„Für wen wäre das gut!"

„Für das Seelenheil aller!"

„Das hat nichts mit den Zugvögeln zu tun!"

„Doch! Sie könnten dann nämlich hier landen. Es wäre gewollt und ehrlich und offen. Alle wären bereit dafür! Anstatt dass es klammheimlichen Widerstand dagegen gibt, weil jeder wegen irgendwas in der Vergangenheit die Fäuste ballt."

„Der Literaturkönig verrennt sich schon wieder! Und mit so vielen Worten, Worte wie Urteile! – Ich verzweifle hier fast! So viel falsche Gewalt!"

„Moment mal – was sagten Sie gerade? *Der Literaturkönig*?"

„Ist doch egal, hier läuft alles falsch."

„Herr Heilmann! Sie haben Täterwissen! Ist Ihnen das bewusst?"

„Mir wird das alles zu viel! Ich halte diese ewigen Kämpfe nicht mehr aus. Machen Sie doch, was Sie wollen!"

Beiner blickte dem Landwirt nach, der nach der Ankunft aus seinem Auto ausgestiegen war und mit schweren Schritten, so als sei der Untergrund der Straße morastig, davonging.

Einer, der im Inneren des Wolfes sitzt, musste Beiner denken.

Denn ihm war gerade ein Zitat aus dem Märchen vom Rotkäppchen eingefallen. *Ach, wie war ich erschrocken! Wie war es so dunkel in dem Wolf seinem Leib!*

Diese Worte entfahren dem Rotkäppchen, nachdem der Jäger es mit einer großen Schere aus dem Bauch des Wolfes herausgeschnitten hatte.

Dunkelheit. Verwirrung. Todesangst.

Menschen, die nicht weiter wissen. Sie können nicht zurück und sie kommen nicht vorwärts. Und dann glauben sie, unbedingt irgendeine Entscheidung treffen zu müssen ...

So einer war Heinrich Heilmann.

„Junge Menschen, allein bei geschlossenen Türen", sagte der Mann. „Sie reagieren betont normal. Aber was, wenn sie wieder allein sind! Welche Generation wächst da heran! Und auf dem Land?"

Solche Sätze waren in den Dörfern an allen Orten zu hören. In den Läden, auf den Plätzen, an Baustellen, in den Häusern. Hier auf dem Land dachte man ständig über die Dinge nach, die neben Essen und Trinken noch eine Rolle spielten. Das hatte Beiner in der Stadt nie gehört. Sein Respekt gegenüber Land und Leuten wuchs, je länger er sich hier aufhielt.

Sie regeln das selbst, dachte er einmal mehr, sie können das alles selbst regeln. Mich brauchen sie schon gar nicht.

Vor dem Einschlafen gestern Nacht und gleich beim Aufwachen am heutigen Morgen hatte ihn noch der Gedanke beseelt, was ihm die Bücher bedeuteten. Ja, das Alltägliche war immer anwesend, daran konnte sich jeder festklammern. Auch er erfreute sich an den äußerlichen, den naheliegenden und selbstverständlichen Dingen, aber etwas fehlte doch. Es fehlten in der Region *Wolfland*-Schwalm, wie er sie immer wieder nannte, die Bücher. Daran änderte auch nichts die bloße Existenz der Literatenkolonie mit ihrem Kunst-Museum und den umfangreichen Bildkatalogen.

Der Gedanke überfiel Beiner und erhitzte ihn und er konnte lange nicht einschlafen.

Sie brauchten die Bücher, davon war Beiner überzeugt, sonst hätte er diesen Auftrag gar nicht bekommen – und auch nicht angenommen. Aber sie wussten es nicht. Sie sprachen und erzählten unaufhörlich und mit Freude, sie hatten unendlich viel mitzuteilen. Aber sie setzten sich nicht hin und lasen. Dabei meinte Beiner nicht die Bücher, die als Dekor zwischen Duftkerzen und teurem Geschirr im Regal standen. Das waren zwar auch Bücher zum Anfassen, zum Hin- und Herwenden und Durchblättern, aber vor allem brauchten sie etwas zum Vertiefen. Man musste loslassen können, sich selbst aufgeben können, ohne Angst, den Kontakt zum Banalen und Alltäglichen zu verlieren. Lesen, viele dünne Blätter zwischen zwei Deckeln, viele enge Zeilen mit dicht an dicht stehenden Wörtern. Eine eigene, neue Welt, deren Vorhang plötzlich aufging. Etwas, das die Selbstverständlichkeiten infrage stellte, die ganz ungeformt und zufällig da waren, etwas Zweckloses – und gerade das war der Reiz der Lektüre. Eine Art Spaziergang im Leben, ohne die Rechtfertigung, eigentlich nur den Hund Gassi führen zu müssen.

Die Lektüre war ein Abwehrzauber, eine wunderbare Waffe gegen die Leere, die ihn wie jeden Menschen umgab, die vor ihm lag wie ein formloses Nichts, aus dem ihm nichts entgegenkam, das zu ihm hätte sprechen können und ihm half, sich selbst verständlich zu werden.

Noch einmal rief Nowald an und verkündete, dass er sich am nächsten Morgen in aller Frühe melden wollte. Beiner hörte gewissermaßen in seiner aufgewühlten Stimme den Flügelschlag der Kraniche, dicht über den Gewässern.

Am nächsten Tag würde sich also entscheiden, ob die Vorbereitungen fruchteten.

Ob Wohlfahrt, Lotz, Rosskopf und andere das Richtige getan hatten, ob sie es im ausreichenden Maße getan hatten.

Ob Beiners Schüler überzeugende Texte geschrieben hatten.

Ob also die Landbevölkerung die Ankunft der Vögel von Herzen wollte – und ohne Gewalt zuließ. Und ob Beiners Auftrag dann ausgeführt war. Asmus würde dann zufrieden sein können.

Oder siegten die Kranichfeinde doch noch? Die Kohlhaus, Heilmann, Schmächter und Co. Und die Leute um diese tätowierte Gestalt, die mal hier, mal dort auftauchte. Von diesem Mann kannte Beiner bisher nicht mal den Namen. Er verabscheute ihn.

Johannes Beiner ging noch einmal die Texte durch, die seine Schüler am Nachmittag für den nächsten Tag geschrieben hatten. Sie waren so schön, dass er sich nur glückliche Landbewohner vorstellen konnte.

Er trat noch einmal ans Dachfenster, klappte es auf und schaute zum Abendhimmel. Keine Zugvögel. Wie auch, wenn sie noch auf den Wässerungswiesen oder in den Seen im Norden standen und sich für die Weiterreise stärkten. Aber Beiners Sehnsucht nach dem

Anblick der Sonnenvögel war inzwischen unvernünftig groß geworden.

Gib, dass die Kraniche hier rasten, bat er. Bitte!

Er wusste nicht genau, von wem er das erbat. Früher hätte er für den Adressaten einen genauen Namen gehabt. Aber es war ein wirklich tiefer und frommer Wunsch.

Der entscheidende Tag ...

Die Dörfer in der Senke, zwischen den Hügelketten und Bergen lagen friedlich in der Morgensonne. Nichts deutete darauf hin, dass an diesem Tag etwas Besonderes geschehen würde.

Und doch sollte es der turbulenteste Tag in der jüngeren Geschichte des schönen Landes werden.

Beiner war früh aufgestanden. Tatsächlich hatte Günter Nowald schon eine Nachricht auf dem Anrufbeantworter hinterlassen. Er hatte wie jemand gesprochen, der äußerst beherrscht war – und zugleich fassungslos. Die Zugvögel waren gestartet. Es musste ein Rauschen der Schwingen wie von Meeresbrausen gewesen sein. Zehntausend Tiere glitten nun durch das Blau des Himmels zwischen der Ostseeküste und Mittelhessen.

Beiner taumelte beinahe bei der Vorstellung, was sie hier am Abend erwartete. Er war wie betäubt von der Vorfreude. Er war gerade auf dem Weg durch den Ort zu Rosskopf. Dieser hatte bereits Lautsprecherwagen geordert, die durch die Ortschaten ziehen sollten, um die frohe Botschaft zu verkünden. Jetzt musste ihr gemeinsames Vorgehen koordiniert werden – da hörte er es.

Zuerst begriff er es nicht. Er blieb stehen und blickte erneut zum Himmel. Keine Vögel. Natürlich noch keine Vögel. Dann sah er, dass auch andere Ortsbewohner stehen geblieben waren und die Köpfe reckten. Vor ihnen, die Hauptstraße hinunter, geschah etwas.

Dort, wo die Straße vor dem Schloss eine Rechtskurve machte, gab es eine Menschenansammlung. Eine Werbeaktion des Supermarktes? Ein Verkehrsunfall? Nein. Beiner konnte nicht erkennen, worum es ging. Jetzt stockte auch der Autoverkehr, die Straße verstopfte zusehends durch den Andrang der Bewohner. Ein Stadtbus musste zum Bahnhof nach Treysa, ein Traktor mit Anhänger stampfte auf der Stelle, Hupkonzert setzte ein. Geschrei und Gelächter nahmen zu.

Erst als Beiner sich durch die Reihen zwängte, was wütende Proteste hervorrief, sah er den Anlass.

Auf einem verunreinigten Leiterwagen standen, an den Seiten festgezurrt, zwei Tierfiguren. Es waren keine echten Lebewesen, nur Nachbildungen aus Pappe und Aludibond. Allmählich begriff Beiner, dass es sich um Vögel handelte. Es waren Kraniche! Und dann wurde ihm klar, das waren dieselben Abbilder, die er am Stauwehr von Treysa gesehen hatte. Dieselbe Größe, dieselben Farben, sogar die Beschriftung.

Sie hatten die Vögel aus dem Betonsockel in der

Schwalmaue komplett abgebaut und zogen mit ihnen durch das Dorf!

Plötzlich war ein Schuss zu hören. Dann noch einer. Wieder Geschrei. Jemand sagte im Vorübergehen zu Beiner: „Der Verrückte aus Seigertshausen! Der hat seine Schreckschusspistole immer dabei!“

Beiner sagte sich, das Ganze habe nichts mit einem Ausbruch von Gewalt zu tun, es schien eher ein Riesenspaß zu sein. Und der ganze Ort schien sich an der Gaudi zu beteiligen.

„Ah, der Herr Beiner! Auf Sie haben wir gerade gewartet! Kommen Sie! Kommen Sie her!“

Kohlhaus war plötzlich da. Und der Tätowierte. Und zwei andere Gestalten, die Beiner flüchtig kannte.

Sie packten ihn an den Armen.

„Los, rauf da! Da passen Sie hin! Wir machen eine kleine Fahrt!“

Beiner wehrte sich nicht. Er nahm das Ganze immer noch als Scherz. Eine Art Kirmes, eine Frühlingsgaudi am Nachmittag. Er wollte kein Spielverderber sein.

Beiner bestieg den Leiterwagen. Von dort aus blickte er über die Menge. Seine Schüler waren nirgends zu sehen. Er vermisste die jungen, klugen Menschen. Hier konnten sie etwas lernen.

Schmächter sprang auf den Wagen und rückte ihm auf den Leib. Er grinste breit. Von unten gestikulierte der Tätowierte.

Schmächter drängte Beiner vorwärts, so dass er nun dicht an dicht mit den Tierfiguren stand und sich kaum rühren konnte.

In Beiner regte sich allmählich Widerstand. „Lass mich gefälligst los, Idiot!", fuhr er Schmächter an.

„Neben die Biester, da gehörst du hin, *Literaturkönig!*"

Beiner hatte Schmächter abgeschüttelt und stellte sich neben die Tierfiguren. Seine Stimmung schlug um. In seinem Inneren herrschte plötzlich eisige Kälte. Das kannte er von Stressmomenten. Im größten Trubel vereiste er. Er sagte zu Schmächter: „Wenn du mich noch mal berührst, kriegst du eins in die Fresse!"

„Nana!", knurrte Schmächter und verzog das Gesicht, als wäre er beleidigt.

„Und los geht's!", schrie einer und zwei kräftige junge Männer zogen den Leiterwagen vorwärts.

In Beiners Kopf war jetzt viel los. Noch immer fast amüsiert, aber mit aufsteigendem Zorn blickte er auf die Menge. Er sah besorgte, erregte, vor Gier aufgerissene Gesichter. Einige Menschen bewegten sich, als vollführten sie den balzenden Tanz der Kraniche. Die Menge wogte.

Der Landkrimi nimmt Fahrt auf!, dachte Beiner grimmig.

Es ging die Hauptstraße hinunter. Der Leiterwagen rumpelte, gezogen und geschoben von immer mehr Menschen. Man schloss sich dem Zug an. Und das Gejohle nahm zu. Sie feiern nur Kirmes, beruhigte sich Beiner wieder, sie sind es gewohnt.

Er suchte Rosskopf mit Blicken, sah ihn aber nicht. Dafür erblickte er in der Ferne, jenseits der Ausfallstraße nach Wasenberg, die drei Frauen der Kulturinitiative, sie waren aus den Räumen auf die Straße getreten, neugierig wegen des unüblichen Lärms im Dorf. Er winkte ihnen zu, aber sie konnten ihn wohl nicht sehen.

Johannes Beiner beschloss, das Spiel noch ein Weilchen mitzuspielen. „Kohlhaus!", rief er. „Kommen Sie rauf auf den Wagen! Sie sind doch hier der eigentliche Spaß!"

Der Angesprochene ging hinter dem Wagen einher. Er trug seinen weißen Reitermantel. Neben ihm lief eine junge Frau, die auf ihn einredete. Kohlhaus wehrte sie ab. Beiner verstand, was er zu ihr sagte. *Er respektiert die Regeln nicht.*

Dann rief Kohlhaus zu Beiner hinauf: „Noch sind wir es hier, die den Ton angeben. Wir werden dafür sorgen, dass die Viecher nicht landen. Wir vertreiben sie einfach! Einige werden dabei draufgehen! Sie bekommen hier kein Landerecht!"

„Machen Sie doch keinen Stress!", sagte Beiner. Er beugte sich zu Kohlhaus hinunter. „Überlegen Sie sich das! Ich verliere langsam die Geduld. Es könnte sein, dass ich in Kürze keinen Spaß mehr an der Sause hier habe!"

Kohlhaus lachte nur. Andere stimmten mit ein.

„Hör mal, *Literaturkönig*", sagte Schmächter dicht neben ihm, „denk an die Regeln! Sprich nicht zu viel. Wir vergessen nichts. Das Dorf hat ein Gedächtnis."

Beiner war die Berührung unangenehm. Aber er konnte sich kaum rühren. Er saß fest.

Kohlhaus schrie: „Der *Literaturkönig* wird durch sein Reich gekarrt! Seine Untertanen huldigen ihm!"

Johannes Beiner hatte genug. Er sprang vom Leiterwagen hinunter. Er stieß einige Männer zur Seite und packte Kohlhaus am Kragen, schüttelte ihn und sagte betont ruhig: „Das wird ein Nachspiel haben, Freund! So geht das hier nicht!"

Kohlhaus lächelte. Schmächter lächelte. Dann lachten alle.

Johannes Beiner war ganz ruhig.

Dann lachte auch er. Und deutete mit dem ausgestreckten Zeigefinger auf die Leute um sich herum.

„Ihr sitzt alle im Inneren des Wolfes!", sagte er lachend. „Und es ist dunkel um euch herum."

Sie starrten ihn an. Es wurde ruhiger.

„Er ist verrückt!", rief jemand.

„Geht nach Hause, Leute", sagte Beiner. „Eure Messe ist gelesen. Die Vögel werden nicht landen, gut. Ich begreife das. Ich habe das Ganze soeben abgeblasen. Die Kampagne ist beendet. Wozu die Mühe. Aber das entscheide allein ich – und niemand sonst. Nicht ihr! Nicht dieser aufgeblasene Herr Kohlhaus hier, nicht seine willfährigen Kreaturen. Ich entscheide das!"

Sie standen in diesem Moment auf der schmalen Brücke über der Antreff, von links schrien einige Fußballspieler vom Sportplatz herüber, es war wohl gerade ein Tor gefallen. Beiner machte kehrt, die Menge machte Platz. Er ging mit federnden Schritten, irgendwie erleichtert, wie nach einem siegreichen Spiel, die Straße hinunter.

Jemand brüllte ihm hinterher: „Geben Sie uns das schriftlich, dass Sie das Ganze soeben abgesagt haben!"

Und ein anderer rief: „Wir sehen lieber nach, ob er es auch den Vögeln mitgeteilt hat!“

Beiner machte nur im Weitergehen eine abwehrende Geste. Dann rief er seine Leute an, einen nach dem anderen und sagte die Vorbereitungen zur Landung der Kraniche ab. Die Lautsprecherwagen sollten die neue Entscheidung verkünden. Er ging zu den Räumen der Kulturinitiative hinüber. Vor der breiten Fensterfront standen Margitta, Erika und Silke, die drei Frauen des Vorstandes. Sie blickten ihn besorgt an. Frau Dittschar, die früher einen gut gehenden Bäckerladen gehabt hatte, bevor die Kultur sie begeisterte und sie die Bücher entdeckte, kam auf ihn zu und strich ihm über das Haar.

„Und?“, fragte sie mit warmer Stimme.

„Es ist alles in Ordnung“, sagte Beiner. „Wir brechen die Vorbereitungen ab. Solche Menschen brauchen die Vögel nicht.“

„Das stimmt in doppelter Hinsicht!“, meinte die kluge Bäckerin.

„Es ist nur eine Minderheit“, beschwor Erika, die stellvertretende Vorsitzende, „die Mehrheit ist doch vernünftig und auf unserer Seite. Darauf müssen wir doch setzen.“

Auch die übrigen Frauen umringten ihn jetzt. Sie fassten ihn an, als müssten sie sich versichern, dass er noch ganz war. Die Berührungen taten Beiner gut.

„Ihnen ist doch nichts passiert?“, fragte Margitta, die Vorsitzende und schüttelte ihren Kopf mit den Locken.

„Ich bin heil“, erwiderte Beiner erleichtert. „Aber ich

habe eingesehen, dass ich hier nichts erzwingen kann. Die Dinge laufen in die andere Richtung."

„Geben Sie doch nicht auf!", sagte Silke besorgt. „Die Vernünftigen sind in der Mehrheit! Die Schwälmer brauchen Sie!"

„Das ich nicht lache!", sagte Beiner.

„Sie haben es doch fast geschafft! Nach so vielen Vorbereitungen! Die Vögel können heute am Abend landen!"

„Dafür müsste die entsprechende Stimmung geschaffen sein", sagte Beiner. „Das ist nicht der Fall. Zu viel Geschrei und Feindseligkeit. Die Vögel erkennen das von oben herab."

„Es wäre einmalig gewesen", sagte Silke. „Ein Jahrhundertereignis."

„Ich will es nicht mehr", sagte Beiner. „Wenn es ins Persönliche geht, hört der Spaß auf!"

Ziemlich ratlos blickten die Frauen ihn an.

„Ich schaue mal nach meinen Schülern", sagte Beiner. „Ich vermisse sie."

In den Innenräumen saß die Klasse und feilte unverdrossen an ihren Texten. Beiner teilte ihnen seinen Beschluss mit. Sie sahen ihn stumm an, einige fassungslos, einige voller Einverständnis.

Beiner wollte keine Diskussion. Er sagte aber: „Wer nachher trotzdem nach Loshausen gehen will, der kann das natürlich tun. Aber dann auf eigene Faust. Und auf eigenes Risiko. Da sind ein paar ziemlich rabiate Burschen unterwegs."

„Lassen Sie das Projekt doch nicht fallen, Herr Lehrer!“, rief Klaus-Jürgen enthusiastisch. „Nicht wegen ein paar Krawallmachern!“

„Doch!“, erwiderte Beiner. „Ich bin es leid. Es ist die Sache nicht wert. Noch ist nichts entgleist. Aber das kann jeden Moment passieren. Befürworter gegen Gegner. Zwei unversöhnliche Fronten – ich habe die Sturheit und den Fanatismus unterschätzt. Das kann böse enden. Und ich will dann nicht dabei sein.“

Er verließ seine Schüler und fand noch ein paar freundliche Worte für die draußen noch immer abwartenden Frauen der Kulturinitiative. Entschieden ging er zu seiner Wohnung.

Dort rief er Hannah an.

„Ich komme nach Hause. Auftrag beendet, Hannah! Die Kraniche werden nicht landen.“

Dann begann er zu packen.

Und dann geschah etwas, das sein Leben für alle Zeit mit schweren Bildern belastete.

Sie schoben den Leiterwagen unverdrossen die Straßen hinunter, immer mehr Menschen schlossen sich ihnen an.

„Nach Loshausen! Nach Loshausen!“

Als sie am Gasthaus *Pfalzgraf* vorbeikamen, kreuzten plötzlich zwei Pferde die Straße. Panisch wegen des Lärms, hatten sich die Tiere von ihren Führerinnen der nahe gelegenen Reitschule losgerissen. Die Menge wich zurück. Die Pferde galoppierten nach links in das Gewirr der Fachwerkhäuser hinein.

Die Menge lachte. Alle hatten jetzt ihren Spaß.

Inzwischen hatte sich Kohlhaus tatsächlich auf den Leiterwagen gestellt. Er achtete aber darauf, sich nicht den Reitermantel schmutzig zu machen. Seine Gesten wiesen die Richtung. Er war wie ein General zu Pferde, der in die Schlacht zieht.

„Die Sache ist doch längst abgeblasen, wie man hört!", rief jemand aus einem schiefen Fachwerkhaus. „Es wird gerade in allen Dörfern öffentlich verkündet! – Geht lieber ins Gasthaus, Leute!"

„Nach Loshausen! Nach Loshausen!"

„Die Vögel werden nicht landen! Die Vorbereitungen sind abgebrochen worden! Die Kranichgegner geben den Ton an. Es gibt keine Veranstaltung vor Ort!"

Die Menge blockierte jetzt die ganze Straße, es ging durch Merzhausen, dann weiter geradeaus in Richtung Gungelshausen. Dort lag das Bauernanwesen eines Zugezogenen, der es mit Duftkerzen auf Jahrmärkten und Ausstellungen versuchte. Er stand vor seinem ansehnlichen Anwesen, seine langen Haare wehten im Wind. Er winkte lachend herüber.

An der nächsten Kreuzung mussten die Männer, die den Leiterwagen zogen, anhalten und beratschlagen. Sollten sie über Leimbach ziehen oder über Zella?

Sie entschieden sich und zogen weiter.

Die Kraniche aus buntbemalter Pappe mit den aufgerissenen Schnäbeln wagten nicht, den Ton anzugeben. Sie schienen zu ahnen, dass die Menschen zu bestimmen hatten. Sie besaßen kein Landerecht mehr.

Es klingelte an Beiners Wohnungstür. Er war gerade dabei, die letzten Kleidungsstücke in den Koffer zu legen. Er tat es betont sorgfältig, so als hinge davon viel ab. Hannah würde ihn verspotten, wegen seiner Pingeligkeit.

Beiner warf eine geschenkte rote Weste aus der Tracht und eine handgefertigte Gürtelschnalle obenauf und ging zur Tür.

Heinrich Heilmann stand stocksteif davor, so als hätte er eine offizielle Nachricht zu überbringen. Und das hatte er tatsächlich auch. Eine definitive, allerletzte Nachricht von einer gescheiterten, unglückseligen Existenz, die im Inneren des dunklen Wolfes saß.

Beiner fiel schlagartig ein, dass sein Besucher Täterwissen besaß, wie die Polizei es ausdrückte.

„Der Literaturkönig verrennt sich schon wieder! – Ich verzweifle hier fast! So viel Unsinn!“

Das hatte Heilmann gesagt. Er hatte den Begriff auf der Zeichnung bei der verbrannten Strohpuppe benutzt.

Und dann noch hinzugefügt: *„Hier läuft doch alles falsch. So viel Gewalt!“*

„Wollen Sie reinkommen, Herr Heilmann?“

„Nein, nein“, sagte Heilmann mit fast tonloser Stimme. „Haben Sie gesehen, was draußen los ist?“

Beiner spürte in sich ein bitteres Lachen aufsteigen. „Ich konnte nicht umhin, das zu sehen, Herr Heilmann! Ich war sozusagen mittendrin.“

„Alles läuft aus dem Ruder! In jeder Richtung! Nichts stimmt mehr! Wozu soll man noch weitermachen?

Die alten Zeiten? Pffft! Alles heillos und vorbei. Und die neuen Zeiten? Würdelos und falsch ...“

„Die Fronten verhärten sich tatsächlich, das ist ungut.“

„Es ist alles unerträglich!“

„So habe ich es auch nicht gewollt“, sagte Beiner. „Ich habe mir das ganz anders gedacht – spielerischer!“

„Nein, nein“, sagte Heilmann tonlos. „Das geht mich nichts mehr an!“

In seiner Stimme lag ein Unterton, der Beiner frösteln ließ.

„Kommen Sie, wir trinken einen Kaffee zusammen!“

Heilmann lachte nur. Sein Lachen klang wie aus einer Höhle. Beiner bekam förmlich Angst vor diesem zerbröckelnden Mann.

Bevor er noch etwas sagen konnte, griff sein Gegenüber in die Jackentasche. Er zog einen Revolver hervor und richtete ihn auf Johannes Beiner.

„Manchmal ist Gewalt nötig“, sagte er, „aber gegen wen, *Literaturkönig*, gegen wen ...“

„Herr Heilman! Wirklich ...“

„Keine Angst“, sagte er. „Es geht ganz schnell. Es ist eine Lösung.“

Sie hatten sich für Leimbach entschieden. Dann zogen sie weiter nach Ransbach. In den schönen alten Häusern aus rotbraunen Klinkersteinen gingen Fenster auf.

„Heh, Leute! Wohin denn! Schenkt der Haas Freibier aus?!"

„Nach Loshausen! Kraniche vertreiben!"

„Seid ihr verrückt! Lasst doch die Vögel in Ruhe!"

„Sie lassen uns nicht in Ruhe, Bauer Lange!"

„Lasst sie doch erst mal landen, dann sehen wir schon!"

„Eigentlich hat er recht", sagte einer im Zug. Der Rest winkte aber verächtlich ab.

Weiter ging es, die Straße rechts hinunter nach Loshausen. Die Schwalm kam bereits in Sicht. Vogelscharen kreuzten jetzt am Himmel ihren Weg. Aber das waren keine Kraniche. Die Kraniche befanden sich zu diesem Zeitpunkt noch siebzig Kilometer entfernt am westlichen Rand des Harzgebirges. Der Leiterwagen rumpelte die Straßen hinunter.

Und jetzt war endlich auch die Polizei da.

Einsatzwagen mit Blaulicht, aber noch ohne Sirene, begleiteten den Zug vorn und hinten, am weißen Schloss vorbei. Die Beamten griffen nicht ein, versuchten nicht, den Zug aufzulösen. Sie stoppten ihn nicht. Noch war ja alles friedlich, eher eine Gaudi wie zu Himmelfahrt als eine Demonstration. Obwohl die Rufe immer lauter wurden, doch den *Literaturkönig* zurückzuholen. Der sei doch geflohen. Der sollte, geschmückt wie ein Kranich, in die Schwalmauen gezogen werden.

Ein Einsatzbeamter hängte sich ans Funktelefon und holte sich Instruktionen aus Homberg. *Es soll eine Geiselnahme gegeben haben! Aber die Geisel ist in-*

zwischen wieder frei! Die Antwort lautete: Beobachten, Begleiten, erst mal abwarten. Aber Achtung, wenn es eskaliert! Dann sofortiger Zugriff!

Kohlhaus gab weiter Richtung und Ton vor. Er stand unbeirrt auf dem Leiterwagen wie an der Bugspitze eines Schiffes, das sich durch die Wellen pflügt.

„Wir haben noch Zeit", sagte er. „Aber nicht mehr viel."

Heinrich Heilmann begann erneut zu zittern. Das Zittern breitete sich bis in seine Gesichtszüge aus.

„Ich könnte dich mitnehmen oder mich", sagte er fast schluchzend. „Es ist einerlei. Es muss nur ein Zeichen sein ..."

Er senkte den Arm mit dem Revolver.

Dann hob er ihn wieder.

Er setzte ihn an seine linke Schläfe.

Und drückte ab.

Der Knall dröhnte durchs Treppenhaus

Heilmanns schwerer Körper fiel sofort zu Boden.

In seiner Schläfe befand sich ein pulsierendes Loch mit Rauchspuren an den Rändern. Dieses Loch schien zu leben, es atmete ein und aus.

Beiner stand einen Moment lang fassungslos in der Türfüllung. Er brachte es nicht fertig, zu Heilmanns Gestalt zu gehen, er wusste ohnehin, dass keine Hilfe mehr möglich war.

Das Blut in der Schusswunde pulsierte schon nicht mehr.

„Mein Gott“, konnte er nur murmeln. „Herr Heilmann ...“

Beiner fühlte sich leer, dunkel und kalt. Innerlich völlig erstarrt. Nur von dem Gedanken erfüllt, etwas Absurdes zu sehen. Etwas völlig Unerträgliches und Unsinniges.

Erst nach einigen Momenten griff er zum Smartphone und rief die Polizei an.

„Herr Heilmann“, wiederholte er dann fast stumm. Und er merkte selbst, wie seine Stimme klang. „Was machen Sie denn.“

Und dann hörte er auch schon die Polizeisirenen.

In Loshausen erreichte der Zug die Niederungen der Schwalm. Der Ort verfügte über schöne Häuser entlang der schmalen Hauptstraße.

Inzwischen war die begleitende Menge rund um den Leiterwagen so angeschwollen, dass sie zwar immer länger, aber nicht breiter werden konnte. Und plötzlich kam ihr von der Bundesstraße B 254 her ein Korso Polizeifahrzeuge entgegen. Die Sirenen jaulten. Die Menge musste sich teilen, um die Einsatzwagen passieren zu lassen.

Einer im Zug hielt einen Wagen an und hieb mit der flachen Hand gegen die Karosserie.

„Wohin denn! Was ist denn los!“

Eine Scheibe wurde heruntergedreht, ein Beamter blaffte etwas. Dann heulte der Motor des Wagens auf und der Tross passierte die Menge.

Der Zug stockte an der ehemaligen, inzwischen abgebrochenen Umgehungsstraße kurz vor den Ausläufern der Wässerungswiesen. Und hier stellten sich plötzlich Anwohner in den Weg, die Schloss und Park an der Schwalm bewirtschafteten. Sie hoben die Arme, gestikulierten, versperrten die Straßen. Es waren überwiegend jüngere Einwohner, sie riefen, schimpften auch und wurden immer lauter.

Zwei menschliche Wälle standen sich gegenüber. Beide Seiten waren Anwohner aus der innersten Schwalm. Beide mit unterschiedlichen Zielen und Sichtweisen.

Ein Mann in einem blauen Kittel schrie: „Hört auf mit dem Unsinn! Wir hier in der Schwalm regeln unsere Anliegen nicht so! Nicht mit körperlicher Gewalt! Jedenfalls nicht so! Seid doch mal vernünftig!"

„Lasst uns gefälligst durch zu den Wässerungswiesen!"

„Nein! Bis hierhin und nicht weiter!"

„Platz da!"

„Habt ihr noch nicht genug! Habt ihr nichts vom Selbstmord gehört!"

„Was soll mit welchem Selbstmord sein!"

„Heinrich Heilmann hat sich erschossen! Es ist Schluss mit lustig!"

„Heilmann?!"

„Ein Toter reicht doch wohl, verdammich noch mal!"

„Der Heinrich? Er hat sich das Leben genommen?"

„Vor einer halben Stunde! Habt ihr nicht die Einsatzwagen der Polizei gesehen! Glaubt ihr, die kommen wegen euch!"

Mit einem Schlag wurde es ruhig. Es war, als würde die Menge in sich zusammensinken. Als würden Pflanzen vor aller Augen vertrocknen. Als würden Sonnenblumen ihre Köpfe hängen lassen. Ein Häufchen Grün in der frühen Abendsonne, hilflos in sich zusammengefallen.

Und fassungslose Stille.

Johannes Beiner hatte die Abfahrzeiten im Kopf. Er ließ sich am Abend von Rosskopf zum Bahnhof nach Treysa fahren. Der Zug nach Frankfurt-Süd ging in einer Stunde.

„Gescheitert!“, sagte Beiner. „Dass es so ausgeht, hätte ich wahrlich nicht gedacht.“

„Sie hatten so viel Enthusiasmus“, meinte Rosskopf mit trauriger Stimme. „Sie waren unser idealer Kandidat!“

„Es hat sich jemand umgebracht“, sagte Beiner matt.

„Ich weiß, ja ...“

„Verstehen Sie, Rosskopf! Er bringt sich um aus Verzweiflung darüber, dass er ohnmächtig ist gegen unsere Power, die wir für die Rückkehr der Kraniche aufgewendet haben. Ist das nicht furchtbar! Dieser Mann tut das Falsche im Wahn gegen das Richtige!“

„Wenn es einmal soweit gekommen ist“, sagte Rosskopf, „dann kann man nichts mehr machen ...“

„Er tut mir unendlich leid. Aber mir tut es natürlich auch leid um die Vögel“, sagte Beiner. „Irgendwo müssen sie ja rasten auf ihrem Weg nach Süden.“

„Dann wird es eben das Amöneburger Becken sein", meinte Rosskopf.

„Ja, aber der Region Schwalm nützt das nichts", meinte Beiner. Und es fiel ihm selbst auf, dass er nicht mehr *Wolfland-Schwalm* sagte.

Im Moment hatte er die Nase gründlich voll von Pointen, Kritik, Besserwisserei. Er wollte gegen das, was ihm angeboten wurde, nichts mehr entgegenstellen.

Beiner hatte sich herzlich von seinen Schülerinnen und Schülern verabschiedet. Man versprach sich gegenseitig, die Zusammenarbeit bald fortzusetzen. Gute Texte wurden immer gebraucht. Literatur sollte nicht nur nach Feierabend ... Naja, man beschwor noch einmal seine Ideale.

Beiner hatte zuvor die Tatortermittlung der Polizei aus Homberg über sich ergehen lassen. Lainer wollte wissen, ob Beiner Strafanzeige stellte wegen der Geiselnahme. Denn um eine solche hatte es sich doch gehandelt? Beiner zögerte. Er wusste, das, was geschehen war, erfüllte diesen Straftatbestand. Aber er wusste durch das Gespräch im Büro des Staatsanwaltes auch, was man von ihm erwartete – wenn er in Ruhe gelassen werden wollte. Die Behörden würden nur dann keinen Grund sehen, gegen ihn zu ermitteln, wenn er kooperierte. Der Sachverhalt lag klar und offen vor Beiners Augen.

Ich bin zum Glück rechtzeitig ausgestiegen, dachte Beiner.

Und was den Selbstmord betraf: Suizid aus temporärer geistiger Labilität wegen all der sich überschlagenden Ereignisse. Das verkraftet selbst der bodenständigste Landwirt nicht. Man gab dem *Literaturkönig* daran nicht die Schuld.

Man wollte den *Literaturkönig* aber abschieben. Er brachte zu viel Unruhe in die Region. Im Herbst standen Wahlen vor der Tür. Außerdem war die Polizei mindestens genauso an dem parallelen Tatvorgang interessiert. Die Kranichfiguren des Projektes *Schwalm statt Safari* waren von ihrem Sockel abgerissen worden. Und das konnten nur Fachleute getan haben, die das entsprechende Werkzeug besaßen. Was war da noch alles zu erwarten! Mit Vandalismus hatten alle, auch der Stadtmanager, von Anfang an gerechnet – aber mit so was? Die Stadt hatte noch keine Gelegenheit gehabt, Anzeige bei der Polizei zu erstatten. Man wollte den Diebstahl aber angesichts des Todesfalles auch nicht zu hoch hängen, und auch keinen neuen Aufsteller besorgen, die aktuelle Safari-Saison endete ohnehin in zehn Tagen.

Der Zug nahm langsam Fahrt auf.

Rosskopf winkte ihm lange nach. Der Zug verließ den Bahnhof. Und wenig später auch die Region. Die Wasser der *Schwalm* flossen gemächlich weiter, dort, wo sie reguliert waren schneller, dort, wo man sie natürlich belassen hatte, in wunderbarer Ruhe.

Und der See lag flach und dennoch geheimnisvoll schimmernd, in der Abendsonne.

In den Niederungen von Schwalmstadt, dort, wo bei Loshausen der kleine, schöne Fluss *Schwalm* sich entlangschlängelt, mal hinüber grüßend zu seinem schmalen Nebenfluss *Grenff*, mal zur anderen Seite geneigt, wo die Bäche der Landwirtschaft ihre Betten hatten, versammelten sich an diesem Abend, trotz der abschreckenden Turbulenzen, ringsum viele Bewohner.

Sie waren sich einig darin, dass die Ankunft der Zugvögel etwas Märchenhaftes sein würde, etwas ganz und gar Wunderbares. Und wenn es möglich war, wollten sie es nicht versäumen.

Auch wenn die Vögel nur vorüberziehen würden, wie man jetzt durch Lautsprecher verkündete. Sie würden doch ihre aufregenden Geschichten vom Himmel herunter zu erzählen wissen. Die Vögel würden erzählen, und die Menschen würden gebannt lauschen. Irgendwas würden sie schon verstehen und mit nach Hause tragen können.

Die Kraniche würden Gewissheit bringen.

So vieles war inzwischen geschehen. Das Land war ausgetrocknet, erloschen. Die Tiere würden entscheiden, ob es wieder erwachte. Ob die Region einen Neuanfang erlebte. Ob das schöne Land eine Zukunft besaß.

So vieles war auch in den letzten Tagen geschehen. Es hatte Gewalt gegeben. Und einen Toten. Ein Sprecher der Ortsverwaltung von Loshausen kündigte in diesem Moment eine Gedenkminute an und bat darum, sie einzuhalten. Man wollte des Toten Heinrich Heilmann gedenken. Ein verehrtes Mitglied ihrer Gemeinschaft, ein Verstorbener zu viel.

Die Menschen hielten sich an das einsetzende Schweigen. Selbst die Kinder weinten nicht. Und die Hunde bellten nicht.

Auch die verfeindeten Gruppen, die sich eben noch mit geballten Fäusten gegenübergestanden hatten, gaben ihr gewalttätiges Spiel auf. Sie stellten sich friedlich nebeneinander an den flachen See.

Ein Toter genügte in der Schwalm, um allen Feindschaften Einhalt zu gebieten.

Der Abend zog herauf. Die Sonne näherte sich den Rändern des Schwälmer Beckens und würde bald hinter den Hügeln untergehen. Die letzten, kräftigen Strahlen erhellten die sanften Hügel und warfen länger werdende Schatten über die Wiesen, Felder und Wälder.

Die Erwartung nahm zu. Entgegen den Durchsagen, blieb die Hoffnung unverändert. Die Vögel mussten landen! Auch wenn alle Vorbereitungen und Hilfestellungen dafür inzwischen abgebrochen worden waren. Die Schwalm war Märchenland geblieben, ein Land, in dem die Wünsche immer geholfen hatten.

In diesen Minuten betrat auch der sanfte Paul sein Reich am Basaltsee. Auf seine Weise wollte er das Landen der Kraniche möglich machen. Es hatte etwas Beschwörendes. Er sprach mit seinen Figuren, die er aus Obsthölzern und Rinde schnitzte, und die ihm aus allen Baumverzweigungen entgegenblickten, mit den Zwergen und anderen Märchengestalten aus den Büchern, selbst mit dem Abbild des leibhaftigen Teufels, der auf einem Bildstock hockte. Der sanfte Paul hatte den Wert von Büchern entdeckt. Und so schlug er jetzt eines auf und las darin die Erzählung von dem hilfreichen Seegeist, der früher in seinem Basaltsee gewohnt hatte. Jetzt sah man ihn auf einer Stele und er schwebte über den Wassern.

Gut sieben Kilometer nördlich, am künstlichen See auf Zeit von Loshausen, hörte man die Zugvögel endlich. Die Kraniche riefen schon von Weitem. Sie verkündeten ihre Ankunft. Nicht mehr lange und man würde sie sehen. Man würde ihre Erzählung verstehen.

Und weil so viel davon abhing, waren mehr Menschen im Freien, als in dieser spröden Region üblich. Die letzten Tage hatten bei vielen ein Umdenken bewirkt. Daran hatte auch der *Literaturkönig* seinen Verdienst.

Einige Landbewohner warteten bereits seit dem Nachmittag auf die Vögel, die nach ihrer Tagesreise aus dem Norden hier landen sollten. Die regionalen Medien hatten ihr Erscheinen allerdings nach den letzten Ereignissen kurzfristig abgesagt. Wozu über etwas berichten wollen, das dann wahrscheinlich gar nicht stattfand!

Den Menschen der Region Schwalm war das gleichgültig. Sie hatten tatsächlich damit begonnen, ihren eigenen Erzählungen zu lauschen. Das Ereignis brachte Bilder aus der Kindheit mit sich. Deshalb war den Landbewohnern, vollgepumpt mit den Pflichten des anstrengenden Alltags, die Vorfreude auf das besondere Erlebnis nicht zu nehmen. Die Vögel würden weiterfliegen – nun gut! Aber ihr Anblick hatte dennoch mit Träumen zu tun. Bei einigen Anwesenden hatte es auch mit dem Überlebenskampf zu tun. Denn nun musste sich erweisen, ob die hochfliegenden Pläne der letzten Zeit falsch, ob die Anstrengungen umsonst gewesen waren.

Jemand zeigte nach oben und schrie. Da! Die erste Reihe Vögel durchschnitt wie ein Schiffsbug das späte Blau des Himmels. Es war wie immer erregend. Kein Beobachter, der nicht den Atem angehalten hätte. Dann folgte die nächste Reihe. Dann die dritte. Dahinter löste sich die Formation in Nachzügler auf. Die Kraniche kamen näher. Würden sie doch noch landen oder weiterfliegen? Senkten sie sich nicht schon, setzten sie nicht schon zur Landung am Rand des verlockenden Flachwassersees an ...

Ein solcher Moment der Ungewissheiten ist kaum auszuhalten. Er hinterlässt Spuren für lange Zeit. Allen Menschen war klar, dass in diesem Augenblick für die ganze Region Geschichte geschrieben wurde. Etwas wurde jetzt festgeschrieben.

Es konnte doch nicht alles umsonst gewesen sein! Dieser *Literaturkönig* mit seinen Schülern konnte doch nicht ins Leere gelaufen sein! Man hatte ihm ja vertraut.

Die Zugvögel schienen zu zögern. Sie wurden leiser, ihre strenge Formation löste sich für Augenblicke auf, sie begannen, im Kreis zu fliegen, der Sonne im Westen abgewendet, so als mussten sie ihre Instinkte ordnen, als verständigten sie sich darüber.

Dann wurden ihre Rufe wieder lauter. Die Kraniche schienen, ihre Erzählung in den Himmel schreiben zu wollen. Was sagten sie den Menschen? Wovon erzählten sie? Welche Entscheidung hatten sie getroffen und verkündeten sie jetzt?

In den Reihen der wartenden Menschen entstanden eigentümliche Geräusche. Seufzen, ungläubiges Rufen, ein Ton wie das Gebet in der Erwartung magischer Wunder.

Jetzt formierten sich die Vögel wieder. Sie flogen über den See hinweg. Die gesamte Armada von Kranichen wandte sich gen Norden, dorthin, wo die Borkener Seenplatte lag.

Die Vögel wurden leise, verschwanden schließlich hinter den Kronen der höchsten Bäume.

Aber nur kurze Zeit.

Dann kehrten sie um.

Sie kamen mit neuem Anlauf von Weitem zurück. Segelten in einer unglaublichen, majestätischen Front heran, verdunkelten die Abendsonne und erzeugten wilde und fremde Laute. Die Phalanx wurde langsamer, sie senkten jetzt wie in geheimer Absprache ihre Flughöhe. Ihre Gegenwart so dicht über den Köpfen der Zuschauer, löschte jeden anderen Sinneseindruck einfach aus.

Dann rauschten sie über die Wasser. Es spritzte und schäumte.

Und dann landeten 10.000 Kraniche auf dem künstlichen, flachen See in den Schwalmniederungen von Schwalmstadt bei Loshausen.

Wildfremde Menschen lagen sich plötzlich in den Armen, viele hatten Tränen in den Augen.

Kinder schrien und tanzten.

Hunde bellten und heulten die jetzt auffällig rote Abendsonne an.

Selbst Kohlhaus nahm für Augenblicke seine langstielige Pfeife aus geschnitztem Meerschaumholz aus dem Mund.

Der sanfte Paul, der diese Bilder nicht sah, spürte den Frieden, der über seinem Basaltsee lag, um den herum er sein Märchenreich aus den Büchern errichtete. Er hatte die Bücher gelesen und jetzt lag sein See wie ein aufgeschlagenes Buch vor ihm.

Die Kraniche waren endlich in die Schwalm zurückgekehrt.

Die Toten würden begraben werden.

Alles war gut.

BERNDT SCHULZ wurde an den mäandernden Ufern der Havel geboren und wuchs in prekären Berliner Verhältnissen auf. Er veröffentlichte eine Reihe von Kriminalromanen und Historischen Romanen in großen Publikationsverlagen. In der edition federleicht erschienen seine Romane „Ein Herbst auf dem Land“, „Die Rückkehr der Kraniche“ und „Kellers Ruhe“, seine Erzählungen „Glückliche Paare in unglücklichen Zeiten“ und „Der Gott des Glücks“ sowie sein Episodenroman „Schöne grüne Welt“. Mittlerweile lebt er auf einem alten Pfarrhof in der hessischen Provinz.

Foto: Markus Becker

SCHWÄLMER LANDKRIMI-REIHE

von Berndt Schulz

in der edition federleicht

Geschickt führt uns Berndt Schulz nach und nach in einer Schwälmer Landkrimi-Reihe in die Wesenspsychologie seiner Romanfiguren ein und erzählt entlang ihrer Konflikte und Rollen vom literarischen, historischen und gegenwärtigen „Rotkäppchenland".

Raffiniert baut er neue Spannungsbögen auf, hält sie bis zum Ende des Romantextes aufrecht, um ihre Protagonisten mit wichtigen neuen inneren und äußeren Erkenntnissen ausgestattet auf die nächsten Ereignisse zusteuern zu lassen.

Immer wieder dramatisieren Andeutungen, Fragen, Zweifel und Warnungen den Fortgang des Romangeschehens. Er schafft damit ein eigenes Genre zwischen psychologischem Roman, historischer Schwälmer Literaturkultur und spannendem Sachkrimi.

Berndt Schulz hat mit großer Fabulierlust eine Landkrimi-Reihe verfasst, die „einen schönen Sieg von Literatur und Phantasie über die feindselige Realität" feiert und die Dichtung als kritische Seherkunst würdigt.

THOMAS BERGER

BERNDT SCHULZ

DAS DUNKEL IM INNEREN DES WOLFES

EIN KRIMI AUS DEM ROTKÄPPCHENLAND

edition federleicht
Fuldatal 2023
Softcover, 213 Seiten
ISBN 978-3-946112-87-7
15,00 EUR

Zwischen Schwalm und Knüll liegen eines Morgens sieben furchtbar zugerichtete Lämmer. Gibt es Wölfe im Rotkäppchenland? Oder verbirgt sich etwas anderes hinter der Bluttat ...

Nur die junge Elena ahnt, was da auf die Region zukommt.

„Ach, wie war ich erschrocken, wie war es so dunkel in dem Wolf seinem Leib!“
(Rotkäppchen. Ein Märchen nach den Brüdern Grimm, 1812)

BERNDT SCHULZ

KELLERS RUHE

EIN LANDKRIMI AUS DER SCHWALM

edition federleicht
Fuldatal 2022
Softcover, 250 Seiten
ISBN 978-3-946112-83-9
15,00 EUR

Das Grabmal Kellers Ruhe bei Schrecksbach ist ein Ort, der den Atem anhält. Hierher kommt der Lehrer Johannes Beiner, wenn er über Eckhardt und Henriette Keller-Jordan nachdenkt, zwei außergewöhnliche Menschen, die sich widersetzt haben. Als eines Tages Radikale diesen Ort missbrauchen und Gewalt entsteht, ist es mit der Ruhe vorbei. Die Region gerät aus den Fugen.

„Trost und Rettung gibt es nur in der Vergangenheit. Hier, im Schweigen dieses Grabmals, nur hier finden Sie die wirkliche Ruhe. Wenn Sie diesen Ort verlassen, wenn Sie durch die Pforte nach draußen gehen, dann beginnt der Sturm sofort wieder.“

BERNDT SCHULZ

DIE RÜCKKEHR DER KRANICHE

EIN LANDKRIMI AUS DER SCHWALM

edition federleicht
Fuldatal 2022
Softcover, 246 Seiten
ISBN 978-3-946112-77-8
14,95 EUR

Im schönen Schwälmer Land zwischen Vogelsberg und Kellerwald sind die Böden vertrocknet. Als man die Region renaturieren will, damit große Kranichzüge rasten können, kommt es zu Konflikten. Der Lehrer Johannes Beiner soll die verfeindeten Parteien versöhnen. Denn die Kraniche – Boten der Sehnsucht und des Glücks – müssen landen, damit die Region lebt. Doch das führte schon einmal in mysteriöse Abgründe, und es gab ein scheußliches Verbrechen …

„Wir sind ein kleiner Ort. Wir kennen uns alle. Irgendwann will man sich nicht mehr kennen. Aber man kann nicht aussteigen, alles hat mit allem zu tun. Da kann schon mal einer durchdrehen.“

BERNDT SCHULZ

EIN HERBST AUF DEM LAND

ROMAN

edition federleicht

Frankfurt am Main 2021
Softcover, 242 Seiten
ISBN 978-3-946112-74-7
14,95 EUR

Der Ruf der Kraniche bewegt im Herbst eine ganze Region. Was wollen sie uns erzählen? Als eines Tages ein Sonnenvogel vom Himmel stürzt, befürchten die Menschen das Schlimmste. Spannend wie ein Krimi ist die Erzählung von Berndt Schulz über den Lehrer Johannes Beiner, der aufs Land geht, um im letzten schönen Herbst vor dem Virus junge Menschen für Literatur zu begeistern. Und er soll das Rätsel einer hochbegabten Poetin lösen, die eines Tages spurlos verschwindet.

BARBARA HENNINGS
ROSA DAMÀS
ROMAN
Softcover, 416 Seiten
ISBN 978-3-946112-81-5
20,00 EUR

ALEKSANDRA BOTIC
SUSANNE KONRAD
AM UND IM FLUSS
ROMAN
Softcover, 415 Seiten
ISBN 978-3-946112-79-2
19,00 EUR

THOMAS BERGER
DER FREMDE ARCHIVAR
ROMAN
Festeinband, 292 Seiten
ISBN 978-3-946112-80-8
24,00 EUR

JONAS ZAUELS
DIE REISE DES ELIAS MONTAG
ROMAN
Softcover, 212 Seiten
ISBN 978-3-946112-72-3
13,95 EUR

KAREN AYDIN
SAPPHOS SPRUNG
ROMAN
Softcover, 376 Seiten
ISBN 978-3-946112-71-6
15,95 EUR

SYLVIA SCHMIEDER
SALING AUS DEM WALD
ROMAN
Softcover, 182 Seiten
ISBN 978-3-946112-70-9
13,95 EUR

PETER JABULOWSKY
LENA
ZWISCHEN LIEBE UND INTRIGE
ROMAN
Softcover, 308 Seiten
ISBN 978-3-946112-61-7
14,95 EUR

JONAS ZAUELS
BOHÈME
ROMAN
Softcover, 270 Seiten
ISBN 978-3-946112-58-7, 14,00 EUR
E-Book ISBN 978-3-946112-64-8, 10,99 EUR

JANNIS RAPTIS
ELASPHERA
Band 1 – Der Fall des Kaisers
ROMAN
Softcover, 876 Seiten
ISBN 978-3-946112-48-8, 19,00 EUR
E-Book ISBN 978-3-946112-65-5
15,99 EUR

BIRGIT SINGH-HEINIKE
KINARE UND DIE UMARMUNG
DER UNENDLICHKEIT
ROMAN
Softcover, 288 Seiten
ISBN 978-3-946112-54-9, 14,50 EUR

BERNDT SCHULZ
SCHÖNE GRÜNE WELT
Episoden vom Land
ROMAN
Softcover, 192 Seiten
ISBN 978-3-946112-36-5, 14,00 EUR
E-Book ISBN 978-3-946112-43-3, 11,99 EUR

PATRICK WEBER
DER PFAD DES EWIGEN FEUERS
ROMAN
Softcover, 480 Seiten
ISBN 978-3-946112-34-1, 16,80 EUR
E-Book ISBN 978-3-946112-39-6, 12,99 EUR

PATRICK WEBER
DER BOTE DES
JÜNGSTEN GERICHTS
ROMAN
Softcover, 390 Seiten
ISBN 978-3-946112-24-2, 14,80 EUR
E-Book ISBN 978-3-946112-40-2, 11,99 EUR

JOHANNES CHWALEK
GESPRÄCHE AM TEETISCH
ROMAN
Softcover, 198 Seiten
ISBN 978-3-946112-35-8, 13,00 EUR
E-Book ISBN 978-3-946112-42-6, 10,99 EUR

ANTHEA BISCHOF
DES ZIMMERMANNS SOHN
VON BLUT UND WEIN
NOVELLE
Softcover mit Klappen, 245 Seiten
ISBN 978-3-946112-33-4, 15,00 EUR

BERNDT SCHULZ
GLÜCKLICHE PAARE
IN UNGLÜCKLICHEN ZEITEN
ERZÄHLUNGEN
Softcover, 202 Seiten
ISBN 978-3-946112-68-6, 13,95 EUR

CARINA SCHMIDT
WAS WISSEN HEILIGE
VOM LEBEN
ERZÄHLUNGEN
Softcover, 156 Seiten
ISBN 978-3-946112-55-6, 13,00 EUR

SUSANNE KONRAD
WALZER MIT MR. SPOCK
ERZÄHLUNGEN
Softcover, 152 Seiten
ISBN 978-3-946112-53-2, 12,50 EUR

CHRISTIANE WIDROWSKI
JEDES JAHR EIN
SCHMETTERLING
Mit Gemälden von Brigitte Struif
ERZÄHLUNGEN
Softcover, 160 Seiten
ISBN 978-3-946112-28-0, 14,50 EUR

MATHIAS SCHERER
VOM IRRWITZ DES ALLTAGS
ERZÄHLUNGEN
Softcover, 210 Seiten
ISBN 978-3-946112-14-3, 15,90 EUR

THOMAS BERGER
AUF DICHTERSPUREN
LITERARISCHE ANNÄHERUNGEN
Bibliophile Ausgabe
Illustrationen von Denis Mohr
Festeinband mit Schutzumschlag
und Leseband, 464 Seiten
ISBN 978-3-946112-52-5, 34,00 EUR

THOMAS BERGER
ALBERT CAMUS
ABSURDITÄT UND GLÜCK
ESSAY
Softcover, 80 Seiten
ISBN 978-3-946112-69-3, 12,00 EUR

THOMAS BERGER
WILHELM BUSCH
BEKANNT UND UNBEKANNT
ESSAY
Softcover, 48 Seiten
ISBN 978-3-946112-57-0, 8,00 EUR

THOMAS BERGER
GUTENBERG UND DIE
REFORMATION
Ein folgenreiches Bündnis
ESSAY, REIHE V
Softcover, 64 Seiten
ISBN 978-3-946112-32-7, 6,50 EUR

SONST GEHT ES MIR
NOCH GUT
Feldpostbriefe von
Georg Rolly
10. Mai 1940 bis 2. Februar 1944
Festeinband mit Leseband
336 Seiten
Herausgeberin: Eva Schlingmann
ISBN 978-3-946112-45-7, 28,00 EUR

MARKUS BECKER
SCHWEFELGEDANKEN
Drei Gesänge
Mit Fotografien von Marco Schütze
Softcover, 152 Seiten
ISBN 978-3-946112-82-2
16,00 EUR

KARINA LOTZ
ALLES AUF EINER KUHHAUT
HEITERE VERSE
Mit Illustrationen von Denis Mohr
Festeinband mit Schutzumschlag,
128 Seiten Format: 18 x 27 cm
ISBN 978-3-946112-17-4, 18,00 EUR

SYLVIA SCHMIEDER
FREIBURG MEDITATIONEN
GEDICHTE
Mit Illustrationen von Ulrich Birtel
Softcover, 92 Seiten
ISBN 978-3-946112-84-6, 20,00 EUR

DAVID H. RICHARDS
MOSAIKO
GEDICHTE
Softcover, 106 Seiten
ISBN 978-3-946112-62-4, 12,50 EUR

ANDREAS EGERT
fehlfarbenfroh
APHORISMEN
Mit Zeichnungen von Norbert Städele
Softcover, 106 Seiten
ISBN 978-3-946112-66-2, 20,00 EUR

... im Leben / ... in life
ANTHOLOGIE
Festeinband, 48 Seiten
ISBN 978-3-946112-27-3, 12,00 EUR

JENNIFER H. WEBER / THOMAS BERGER
GEBORGEN IM ZEITENSTROM
HAIKU-DIALOGE
Mit Tuschezeichnungen von
Jennifer H. Weber
Festeinband, 128 Seiten in Farbe
ISBN 978-3-946112-86-0, 24,00 EUR

TONY BÖHLE
PLAYLIST
TANKA
Mit Illustrationen von
Valeria Barouch
Softcover mit Klappen, 84 Seiten in Farbe
ISBN 978-3-946112-56-3, 18,00 EUR

BRIGITTE TEN BRINK
& GABRIELE HARTMANN
KNOTEN IM KOPF ...
DOPPEL-RENGAY UND
TAN-RENGA
Softcover, 64 Seiten
Format: 16 x 16,5 cm
ISBN 978-3-946112-10-5, 9,50 EUR

DANA POLZ
FRAGIL
REIHE K
Festeinband, 140 Seiten,
Format: 8,5 x 12,5 cm
ISBN 978-3-946112-73-0, 12,00 EUR

BERNDT SCHULZ
DER GOTT DES GLÜCKS
Eine Liebesgeschichte
REIHE K
Festeinband, 176 Seiten
Format: 8,5 x 12,5 cm
ISBN 978-3-946112-60-0, 10,00 EUR

MATHIAS SCHERER
ERSTLINGSWERK
Ein Wiesbaden-Krimi
REIHE K
2. Auflage 2022
Festeinband, 120 Seiten
Format: 8,5 x 12,5 cm
ISBN 978-3-946112-25-9, 11,00 EUR

ERICH NIEDERDORFER
BRICKEGICKEL
KRIMINALROMAN
Softcover, 130 Seiten
ISBN 978-3-946112-78-5, 14,00 EUR

DIE LANDKRIMI-REIHE:

BERNDT SCHULZ
DIE RÜCKKEHR DER KRANICHE
EIN LANDKRIMI AUS DER SCHWALM
Softcover, 246 Seiten
ISBN 978-3-946112-77-8, 14,95 EUR

BERNDT SCHULZ
KELLERS RUHE
EIN LANDKRIMI AUS DER SCHWALM
Softcover, 260 Seiten
ISBN 978-3-946112-83-9, 15,00 EUR

BERNDT SCHULZ
EIN HERBST AUF DEM LAND
ROMAN
Softcover, 250 Seiten
ISBN 978-3-946112-74-7, 14,95 EUR

HAJO GELLHAUS
**MORD IM
TAUNUS ADVENTURE PARK**
KRIMINALROMAN
Der zweite Fall
von Kommissar Leichtfuß
Softcover, 182 Seiten
ISBN 978-3-946112-30-3, 12,50 EUR
E-Book ISBN 978-3-946112-38-9, 9,49 EUR

HAJO GELLHAUS
MORD AN DER ALTEBURG
KRIMINALROMAN
Der erste Fall
von Kommissar Leichtfuß
Softcover, 176 Seiten, 4. Auflage 2018
ISBN 978-3-946112-06-8, 12,90 EUR
E-Book ISBN 978-3-946112-37-2, 9,49 EUR

KARLHEINZ SELLHEIM (HG.)
AUTORENTREFF
BAD CAMBERG e.V.
WELLENREITER
ERZÄHLUNGEN
Softcover, 295 Seiten
ISBN 978-3-946112-67-9, 12,00 EUR

FEDERSPRUNG
Eine humorige Mischung
ERZÄHLUNGEN
Softcover, 242 Seiten
ISBN 978-3-946112-49-5, 10,00 EUR

FRANK HARALD SCHRÖDER
**DAS SCHWEINCHEN
RUTZEFUTZ UND
SEINE FREUNDE**
TEXTE UND LIEDER
Mit Illustrationen
von Marvin Herbring
Festeinband, Großformat in Farbe
88 Seiten
ISBN 978-3-946112-76-1, 20,00 EUR

GERHARD MOHLER (Hg.)
MÄRCHEN UND LEGENDEN
Für Kinder und Erwachsene
SCHRIFTKUNST
Festeinband mit Leseband
112 Seiten in Farbe
ISBN 978-3-946112-50-1, 18,00 EUR

NIELS-JOHANNES GÜNTHER
**DIE SCHATZFÄNGER UND
DAS HÖHLENABENTEUER**
JUGENDROMAN
Mit Illustrationen von Lara Ennigkeit
Softcover mit Klappen
180 Seiten in Farbe
ISBN 978-3-946112-26-6, 15,00 EUR

EMELY ARNHEITER
LÜMPFLAND IN GEFAHR
ERZÄHLUNG
Mit Illustrationen von Denis Mohr
Softcover, 102 Seiten
Format: 17 x 17 cm
ISBN 978-3-946112-51-8, 15,00 EUR

BERNHARD SATTLER
**LUALMA STRAHLT
IN DIE WELT**
ERZÄHLUNG
Mit Illustrationen
von Denis Mohr
Softcover mit Illustrationen
153 Seiten, Format: 17 x 17 cm
ISBN 978-3-946112-22-8, 15,00 EUR

JELISAVETA KOVA
**MIT TIERKINDERN AUF
ENTDECKUNGSREISE**
GESCHICHTEN
Softcover, 50 Seiten
Format: 21 x 21 cm
ISBN 978-3-946112-08-2, 11,80 EUR

SCHREIBTISCH. Literarisches Journal

Ausgabe 2022
Softcover, 220 Seiten
ISSN 2567-1138
ISBN 978-3-946112-85-3
15,00 EUR

Ausgabe 2021
Softcover, 258 Seiten
ISSN 2567-1138
ISBN 978-3-946112-75-4
14,00 EUR

Ausgabe 2020
Softcover, 236 Seiten
ISSN 2567-1138
ISBN 978-3-946112-59-4
12,00 EUR

Ausgabe 2019
Softcover, 224 Seiten
ISSN 2567-1138
ISBN 978-3-946112-44-0
10,00 EUR

Ausgabe 2018
Softcover, 160 Seiten
ISSN 2567-1138
ISBN 978-3-946112-07-5
7,00 EUR

Ausgabe 2017
Softcover, 112 Seiten
ISSN 2567-1138
ISBN 978-3-946112-04-4
5,00 EUR